名著新译书系
WORLD CLASSIC
MASTERPIECES SERIES

# 一千零一夜

张惠凌/编译

時代文藝出版社

图书在版编目（CIP）数据

一千零一夜 / 张惠凌 编译. 一长春：时代文艺出版社，2015.3

ISBN 978-7-5387-4721-8

I. ①一… II. ①张… III. ①民间故事－作品集－阿拉伯半岛地区 IV. ①I371.73

中国版本图书馆CIP数据核字（2014）第293235号

出品人 陈 琛
产品总监 郭力家
选题策划 方 伟
责任编辑 付 娜
助理编辑 刘 婷
装帧设计 孙 利
排版制作 吴 毓



一千零一夜

张惠凌 编译

出版发行 / 时代文艺出版社
地址 / 长春市泰来街1825号 时代文艺出版社 邮编 / 130011
总编办 / 0431-86012927 发行部 / 0431-86012957 北京开发部 / 010-63108163
网址 / www.shidaicn.com
印刷 / 三河市万龙印装有限公司
开本 / 710mm × 1000mm 1 / 16 字数 / 133千字 印张 / 10
版次 / 2015年3月第1版 印次 / 2015年3月第1次印刷 定价 / 26.00元

# 目　录


故事的开端　001

睡着的国王　010

阿里巴巴和四十大盗　030

辛巴达航海历险记　055

阿拉丁和神灯　100

# 故事的开端

相传古时候，在古印度和中国之间的海岛上，有一个萨桑王国。国王有两个儿子，都是骁勇善战的骑士，而长子山鲁亚尔更胜次子沙宰曼。长子山鲁亚尔继承王位后，由于秉公执政，国家繁荣富强，深得人民的拥护爱戴；沙宰曼则被封为撒马尔罕的国王。二十多年来，兄弟二人各自忙着治理自己的国家。

一天，国王山鲁亚尔十分想念弟弟，于是派宰相前往撒马尔罕去迎接沙宰曼前来相聚。宰相很快就来到撒马尔罕，见到国王沙宰曼，转达了国王山鲁亚尔的问候，告诉他国王很想念他，希望他能答应前往萨桑国。

沙宰曼欣然同意，随即吩咐备好旅行用的帐篷、骆驼、骡子、随从等，并把国政委托给他的宰相，然后就动身出发了。

离开不久，沙宰曼突然想起要送给哥哥的礼物忘了带，便转身返回宫里。他走到寝宫门口，却听到里面传来男人的鼻息声，仔细往里面一看，王后和乐师正并头睡在床上。

沙宰曼见此情景，顿时眼前一片漆黑，心想：我刚离开，就发生这样的事情，要是我去哥哥那里住久了，不知会闹出什么难以想象的事！他一怒之下拔出宝剑，杀了王后和乐师。

沙宰曼怀着悲痛的心情，匆匆离开了王宫，返回队伍中。一行人继续前进，但是他一直想着妻子的背叛，不断喃喃自语：“她怎么可以这样对我！”

不久，沙宰曼的队伍来到萨桑王国的城门前。山鲁亚尔国王知道弟弟已经抵达，亲自走出城外迎接。兄弟俩久别重逢，紧紧地拥抱在一起，格外高兴。

山鲁亚尔为了迎接弟弟的到来，特地将城郭装饰了一番，而且盛情款待他。然而沙宰曼却心情郁闷，为妻子的所作所为而困扰。山鲁亚尔以为弟弟是惦念自己国家的缘故，因此没有多加理会。

怎知沙宰曼一直闷闷不乐，身体也日益憔悴消瘦。终于有一天，山鲁亚尔忍不住问他：“弟弟，你终日郁郁寡欢，身体一天天消瘦，到底是为什么？”

“哥哥，我的内心很痛苦呀！”沙宰曼回答，但是他并没有说出自己的遭遇。

“我希望你和我一块儿上山打猎，借此消愁解闷。”山鲁亚尔说。

沙宰曼实在提不起兴致，因此拒绝了哥哥的邀约，山鲁亚尔只好独自率领人马到山中去，沙宰曼则一个人留在宫中。

这天早上，沙宰曼走到窗前，远眺着山鲁亚尔的御花园。忽然，他看见十个女仆和十个男仆拥着王后走入花园，在喷水池前坐下。过了一会儿，这些仆人竟然一个个脱掉衣服，然后裸身穿过花径，留下王后一个人。这时，王后拍了两下手掌，叫道：“我的扎伊尔德，出来吧！”应声而来的是一个黑奴，只见两人同时脱去衣服，然后跳进水池忘情地嬉戏。

沙宰曼见此情景，诧异万分，心里想着：“比起哥哥的境遇，我的不幸根本算不上什么！”因此，他的苦恼逐渐消失，心情开始好转，也恢复了常态。

山鲁亚尔打猎回宫时，看见弟弟恢复了健康，食欲也变得旺盛了，感到奇怪，于是问道：“弟弟，你刚到这里时，显得郁郁寡欢、脸色憔悴，也不想和我一起去打猎，现在突然食欲变好，脸色也变得红润光彩了，这是什么原因？”

“我为什么前几天脸色憔悴，我可以把原因告诉你；至于我恢复健康的原因，就不便说了，请您原谅。”

山鲁亚尔听了弟弟的这些话，感到有些奇怪，但他还是说：“那就先把你憔悴、消瘦的原因说给我听听吧！”

“哥哥啊！在我来此地的途中，突然想起要送给你的珠宝忘了带，因此折返回宫，谁知竟然看到我的妻子躺在乐师怀里，一怒之下，我就抽出宝剑杀了他们。发生这样的不幸，我一直耿耿于怀才会闷闷不乐，逐渐消瘦憔悴。”

山鲁亚尔听了弟弟的遭遇，感到很震惊，他摇摇头叹了一口气，然后说：“不过，你更应该告诉我你恢复健康的原因。”

“哥哥，请你原谅我，我不能说啊！”沙宰曼说。

“不行，你一定得说出来！”山鲁亚尔坚持。

沙宰曼不得已，只好把他看到的情景一一说出来。

山鲁亚尔听了，震怒不已，过了好一会儿才恢复镇静，然后他对弟弟说：“我一定要亲眼看见才相信。”

“如果你不相信我说的话，那就假装再次出宫打猎，然后你悄悄回来，藏在我的房里窥探，就可以亲眼目睹这一切。”沙宰曼说。

于是山鲁亚尔立刻下令入山打猎。他率领人马到郊外宿营后，吩咐侍从不许任何人进帐篷来，然后对其中一个官员说：“我要暂时离开三天，这期间你就假装是我待在帐篷里，不要让任何人起疑心。”

山鲁亚尔随即悄然回宫，躲在沙宰曼的房间里。他坐在窗前等了一会儿，便看见王后与仆人的无耻行为。

国王山鲁亚尔看了之后，气得发狂。气愤之余，他对沙宰曼说：“弟弟，王位已无用处，不如我们去旅行，周游各地，看看能不能遇到和我们遭逢同样不幸的人。若是没有，那我们还不如死掉算了。”

于是，兄弟二人悄悄地从后门溜出王宫。他们跋涉了一天一夜，来到一片紧邻大海的草原。他们坐在一棵大树下休息，喝泉水解渴。约莫过了一小时，突然出现一声巨响，海上顿时波涛汹涌，接着升起一根黑柱，直升到天空。

兄弟俩见此情景，吓得赶紧爬到大树上躲藏起来。顷刻间，海面上冒出一个皮肤黝黑、脑袋庞大、肩阔如山的妖魔。只见他头上顶着一个大木箱，冉冉升出海面，往陆地上走来。他一直走到两兄弟藏身的那棵大树下面坐下来，然后打开木箱，从里面取出一个窈窕美丽、笑容灿烂的女郎。

魔鬼望着女郎说："美丽的姑娘，我把你顶在头上，翻山越岭、横渡海洋，是为了把你带到一个幸福的地方。长途跋涉让我累坏了，现在我想睡个觉，休息一下。"说完，他就枕着女郎的大腿睡着了。

女郎抬起头，看见躲在树上的山鲁亚尔和沙宰曼，便把魔鬼的头轻轻托起来移到地上，然后站起身来，比着手势要他们下来。

两兄弟吓得直发抖，小声地说："求求你，别叫我们下去！"

"你们两个马上下来，否则我叫醒凶恶的妖魔，让他狠狠地杀死你们。"女郎说。

山鲁亚尔和沙宰曼受到女郎的威胁，只好从树上爬下来。女郎走到两人面前，吩咐道："你们两个过来取悦我，否则我就让凶狠的妖魔杀死你们。"

兄弟俩都拒绝女郎的要求，于是她生气地说："你们再不过来，我就马上唤醒妖魔。"

因为害怕被妖魔杀死，两兄弟只得按女郎的吩咐去做。女郎得到满足之后，她让山鲁亚尔和沙宰曼坐在一旁，然后从口袋里取出一串戒指。她指着戒指对他们说："这些戒指都是在这个妖魔睡觉的时候，我遇到的男人送给我的，总共有五百七十个。现在该你们俩送我戒指了。"

山鲁亚尔和沙宰曼不得不应允女郎的要求，摘下手上的戒指递给她。

女郎收下戒指，然后说："这个妖魔，在我新婚之夜把我抢来。他把我藏在木箱中的匣子里，用七道锁锁上，然后放在波涛汹涌的海底下。他以为这样就可以将我据为己有，其实他根本不知道，命运是无法改变的，一个女人想做什么事，就一定会做到，男人是无法阻挡的。"

山鲁亚尔和沙宰曼听了女郎这么直率的话，感到无比惊讶。此时女郎已回到魔鬼身旁，将他的头挪到自己的大腿上，然后说："你们走吧，把这件事忘了！"

山鲁亚尔和沙宰曼赶紧离开，彼此悄声地说："感谢神的保佑，让我们逃离这个狡猾的女人！"

山鲁亚尔感叹地说："这个妖魔神通广大，都不免被一个女人欺骗，而且他的不幸，比起我们是有过之而无不及啊！我们还是回家去吧！不过，我们一定要报复那些背叛我们的女人！"

他们跋涉了几昼夜，终于平安回到萨桑王国。他们进入王宫，立刻下令处死逾矩的王后和宫女、奴仆。从此，山鲁亚尔深深地厌恶妇女，存心报复，他开始每天娶一个女子来过夜，次日便残酷地杀掉她，持续了三个年头。

百姓受到这种威胁，纷纷带着女儿逃走，但国王仍然命令宰相替他寻找女子，供他取乐、虐杀。整个国家的妇女，不是死于国王刀下，就是逃之夭夭。直到有一天，执行命令的宰相找遍整个城市，却找不到一个女子，只得满怀恐惧地回到相府。

宰相有两个女儿，大女儿叫山鲁佐德，小女儿叫敦亚佐德。山鲁佐德知书达礼，据说她收藏的文学与历史书籍有上千册。那天她见到宰相闷闷不乐，便对他说："父亲，什么事让您如此烦恼？"

于是，宰相把国王派给他的任务告诉女儿。山鲁佐德听了说道："父亲，那就把我嫁给国王吧！我进宫后，或许可以和他长久生活下去，并且拯救千千万万的女子。”

“不可以，我怎么能让你去冒险呢！”

“以目前的情况来看，我必须这么做。请您送我进宫吧！”

宰相不得已，只好准备送女儿进宫。临走前，山鲁佐德对妹妹说：“我进宫后会想办法让人来接你。你见到我的时候，记得要我讲故事给你听。然后我会趁机讲一则动人的故事，也许能因此救很多人。”

宰相就这样很不情愿地把女儿送进王宫。

山鲁佐德一见到国王便哭了起来。国王问道：“你为什么伤心？”

山鲁佐德回答说：“国王，我有个妹妹，她跟我的感情很好，希望您能接她到宫里来，让我和她话别。”

国王答应了她的要求，派人去把敦亚佐德接进宫。敦亚佐德一见到姐姐，高兴地和她拥抱，然后一块儿坐在床边谈话。

“姐姐，今天晚上，你讲个故事给我听，让我们快乐地度过最后一夜吧！”

“只要国王允许，我非常乐意。”

国王原本一直无法入睡，山鲁佐德姐妹的谈话，引起了他想听故事的兴致，便欣然答应她的要求。

于是，山鲁佐德开始讲故事。她是个非常会讲故事的女子，她讲的故事一下子就吸引了国王和妹妹，但正讲到最精彩时，天亮了，她马上停住不再讲下去。妹妹敦亚佐德说道：“姐姐，你讲的这个故事实在太精彩、太有趣了！”

山鲁佐德说：“若蒙国王开恩，让我活下去，那么下一夜我将有比这个更有趣的故事。”

国王听了山鲁佐德说的话，暗想：“这故事确实很吸引人。我暂且不杀她，等她讲完故事再说吧！”

第二天清晨，宰相进宫准备替女儿收尸，可是国王却埋头处理国事，

一直到傍晚都没吩咐他再去找其他女子。宰相对此感到非常吃惊。

第二天夜里，山鲁佐德继续讲故事，直到公鸡高唱，故事仍未结束，于是她说："若蒙国王开恩，让我活下去，那么，下一夜我的故事会更精彩！"国王又同意了。

就这样，山鲁佐德每天都为国王讲故事，国王每天都想："我暂且不杀她，等她讲完故事再说。"

日复一日，山鲁佐德的故事一个比一个精彩，一直讲到第一千零一夜，山鲁佐德共讲了近两百个故事，终于感动了国王。国王很喜欢山鲁佐德，决定不杀她了，并且赦免所有女子。他说："你的故事让我很感动，我将把这些故事记录下来，永远保存下去。"于是便有了《一千零一夜》的故事。

# 睡着的国王

从前，在哈里发执掌政权的时期，巴格达城里住着一个商人，他有个独生儿子，叫阿布哈珊。老商人很有钱，他死后留下了万贯家产给儿子。阿布哈珊把父亲留下的财产分为两份，一份收藏存起来，另一份则放在身边花用。可是阿布哈珊挥金如土，他结交了一群富家子弟，天天准备山珍海味请他们吃喝，过着放荡奢侈的生活，不久便花光了身边那份钱财。

在不得已的状况下，阿布哈珊只好去求助那些经常在一起玩乐的酒肉朋友，并告诉他们自己的境遇。然而，那些朋友没有一个人关心他，甚至对他不理不睬，一个接一个疏离他。阿布哈珊痛心疾首，只好回到家里把这个情况告诉母亲。

“阿布哈珊啊！”他母亲说，“你有钱的时候，大家奉承你，接近你；等你时运变差了，他们就疏远你了呀！”母亲安慰阿布哈珊，而他自己则伤心地流下了眼泪。

经历这次教训后，阿布哈珊尝尽了人情冷暖，他拿出先前储存的另一份钱财，开始过起积极勤勉的生活。他与过去那群酒肉朋友断绝关系，从此只和陌生人来往，并且发誓，即使和陌生人交往，也只能有一天的交情，次日便各奔东西，再也不互相往来。

打定主意之后，阿布哈珊每天傍晚都会坐在桥头，打量来来往往的行人。如果碰到有缘的陌生人，他会非常热情地请他们到家中，设席款待，并且陪客人畅饮一夜，次日清晨才客客气气地送走客人，但往后即使双方再见面，他也不打招呼，绝不再往来。就这样，他天天招待陌生人，持续了一年。

这一天，阿布哈珊照例坐在桥头，打量过往的行人，准备邀请陌生人到家里。这时，哈里发国王和随臣马仕伦穿着便衣从桥上经过。阿布哈珊一见他们，便上前打招呼，说道："不知两位肯不肯赏光，到寒舍去吃顿便饭，喝几杯酒？"

哈里发国王断然谢绝这没来由的邀约。

但是阿布哈珊继续说："两位千万不要客气，如果你们今晚肯光临寒舍，我会非常高兴的，别让我失望吧！"阿布哈珊显得格外诚恳、热情，哈里发终于同意到他家做客。

到了家中，国王吩咐马仕伦在门前等候，自己则随阿布哈珊到客厅坐定。阿布哈珊摆出美酒佳肴，陪同客人一块儿享用。国王对主人的慷慨行为感到惊奇，因而问道："年轻人，告诉我你是谁，好让我他日有机会报答你。"

"先生，我们明日分别之后，要再聚首，那可是不容易啊！"

"为什么？你能把原因告诉我吗？"

"是我的境遇导致我这样。我的故事很奇怪呢！"

"怎么说呢？"

"跟一条尾巴有关吧！"

国王听了扑哧一笑。

"我就拿无赖和厨子的故事向你解释好了。"

从前有个无赖，又穷又懒。某一天，他睡到日上三竿才起床，饿得发昏，但是又身无分文。他漫无目的地在街上走着，经过一家餐厅门前，看见屋内锅中热气蒸腾、香味扑鼻，他忍不住走了进去。他向厨子点了餐：“给我一碗饭和一盘肉。”

厨子将他点的饭菜端上来，无赖毫无顾忌地开怀大吃大喝，一下子就把全部食物吃得精光。

他的肚子填饱了，但是该怎样付这餐饭菜的钱呢？他只好东张西望，打量餐厅里各式各样的东西，想找出个不用付钱的好方法。最后他发现有一个火炉翻倒在地上，他好奇地伸手去扶正那个火炉，却发现下面露出一条血淋淋的马尾巴。原来，厨子把马肉混在牛肉中贩卖！

无赖抓到了厨子的把柄，暗自窃喜，将手洗净后，神色自若地走出饭店。厨子见他用完餐不付钱，便喊道：“站住，你想吃霸王餐啊！”

无赖马上停下脚步，回头瞪了厨子一眼，说道：“你是在叫我吗？”

厨子气冲冲地追出来，说道：“你吃了饭不付钱，还想摆架子？”

“你胡说八道什么啊！”

厨子一把揪住无赖的衣领，大声喊道：“各位！你们来评评理，我才开门做生意，就碰到这个白吃白喝的家伙。”

人们闻声赶来看热闹，纷纷指责无赖说：“吃了饭就应该付钱啊，赶快把钱付给人家吧！”

“我吃饭前已经付过一块钱了呀！”

“我向阿拉发誓，你要是付过半毛钱，我今天的全部收入都算不义之财。各位，他分明就想吃霸王饭。”

“我的确给过你一块钱，是你忘了。”无赖还是坚持说他付过了钱，并大骂厨子。厨子也不甘示弱地叫骂回去，后来两人竟打了起来。

一旁的人忙着劝架，突然有人说：“没有必要打架吧？把事情说清楚就好了。”

“当然有必要，这是为了一条马尾巴的缘故。”无赖说。

厨子听到无赖提起马尾巴，立刻明白自己被抓到了把柄，马上改口说：“哦！对了，现在我想起来了，你的确付过我一块钱，没有错，我好像还要找钱给你。”

阿布哈珊讲完了无赖和厨子的故事后，接着对哈里发说：“朋友啊！我的情况就像这个故事一样，其中有不好讲出的缘故啊！”

哈里发国王笑了笑，说道：“这个故事真是有趣，不过还是请你把你的故事告诉我吧！”

“既然你这么有兴趣，我就告诉你吧。我叫阿布哈珊，先父去世时，留给我一大笔财产。我把这些钱财分为两份，一份储存起来，另一份作为日常开支。我经常与一些富家子弟往来，终日饮酒作乐，挥霍无度，结果手边的钱很快就花光了。我身无分文，回头找旧日交往的那些朋友，期望他们给我一点帮助，怎知竟然没有一个人理睬我，我真是痛心疾首呀！我向母亲诉苦，她却安慰我说：‘朋友都是这样的，你有钱的时候，他们奉承你、吃你的、用你的；等你钱财耗光了，他就背弃你、疏远你。’

“经过这次教训，我痛定思痛，把那份存着的钱拿出来，节省开销。以后与人往来，最多只有一天交情，次日便各奔东西，永远不再往来，因此刚才我才会对你说‘要再聚首，那可是不容易啊’，你现在应该明白了吧？因为过了今晚，我们再也不能共聚一堂了。”

国王哈里发听了阿布哈珊的话后，哈哈大笑起来，说道：“这位兄弟，听了你的故事，我觉得你是应该得到原谅的。我向阿拉发誓，我可是想和你做不止一天的朋友啊！”

“朋友，我刚刚不是已经说过了吗？我不愿和任何人成为经常往来的朋友，最多只有一天交情。”

阿布哈珊和国王正谈着，仆人又端出丰盛的酒菜来。阿布哈珊殷勤地款待客人，他为客人和自己各斟了一杯酒，然后举杯说：“朋友，别客气，我们痛痛快快地喝吧！”他们一饮而尽，随即又斟了第二杯。

国王为阿布哈珊的行为感到惊奇，心想："凭着阿拉起誓，我一定要想办法报答他的慷慨和好意。"

阿布哈珊和哈里发相谈甚欢，两人一直谈到夜深人静。国王哈里发问道："兄弟，请告诉我，你的心中有什么愿望吗？有没有什么需要解决的困难？"

"困难倒是没有，不过哪天要是我得势，非得发泄一下心中的愤恨不可。"

"你的心中有什么愤恨？"

"我家隔壁住着四个老头，老是在我款待客人时找我麻烦，不但出言粗鲁，而且还经常威胁我，说要向哈里发国王控告我。如果阿拉给我一天执政的机会，我一定会当众打他们每人四百大板，并在巴格达城当众宣布他们造谣生事，扰得邻舍不能安居乐业。"

"阿拉会让你的愿望实现的。来吧，天快亮了，再喝两杯，然后我就要告辞了。"

哈里发国王亲手斟了一杯酒，偷偷在杯子里放了安眠药，把酒递给阿布哈珊，说："兄弟，喝了吧！"

阿布哈珊接过酒杯，一饮而尽，随即就昏睡过去。哈里发国王走到门前，对马仕伦说："你去把他背进宫来见我。"

哈里发国王吩咐完毕，随即就回宫去了。马仕伦依照国王的吩咐，随后把阿布哈珊背到宫里。

此时已近天亮，哈里发国王差人传宰相张尔凡入宫，对他说："你仔细看清楚这个人，明天他将穿着我的衣服，坐我的王位，你必须毕恭毕敬地奉承他，并且吩咐所有公侯将相、文武百官和奴仆们都要听从他的命令。他嘱咐什么，你们就得去做什么，不得有误。"

接着，国王进入后宫，召集所有宫女，吩咐道："明天这个人醒来时，你们要为他穿上我的衣服，像服侍我一样服侍他。"他把该注意的事情交

代完，才退到帘后去睡觉。

太阳初升的时候，一个宫女来到阿布哈珊面前说：“陛下，晨祷的时间到了。”

阿布哈珊闻声醒来，只见墙壁和天花板漆得光亮，门窗上挂着绣花布帘，到处都是金银、水晶器皿和丝绒装饰，宫女和奴仆来来往往。看到这种情景，阿布哈珊感到惊愕，心想：“我是在梦中吗？这里是天堂吗？”

他还是不明白，索性闭眼睡觉。这时一个男仆说：“陛下，平常您从不会睡这么晚的！”接着，宫女们来到床前伺候他起床。他不知道自己为什么会睡在龙床上，而且被盖和铺垫全是丝绸做的。他看着金碧辉煌的宫殿，以及周围侍奉他的婢仆，觉得不可思议。他站起身来，继而又坐下去，感到很不安。他把手指放到嘴里咬了一下，很疼，证明自己不是在做梦，于是越发莫名其妙。

哈里发国王躲在帘子后面，看见阿布哈珊的窘态，觉得十分有趣。

阿布哈珊打量了一下周围的情形，然后把一个宫女叫过来，问她说：“你告诉我，我是大国王哈里发吗？”

“以阿拉的名义起誓，您的确是哈里发国王。”

“你说谎！”他不相信。

他又唤来一个年纪较大的仆人。仆人走上前来，跪下问道：“陛下，请问有何吩咐？”

“谁是哈里发？”

“您就是哈里发呀！”

“你撒谎！”

过了一会儿，他又向一个侍卫问道：“以阿拉的名义起誓，我是哈里发吗？”

“是呀。陛下，您确实是哈里发。”

阿布哈珊被眼前这一切弄得迷迷糊糊，自言自语道：“这不是梦，但

是我怎么会变成哈里发国王了？”

这时，仆人送上一双镶金的拖鞋，他直接把它套在手上，仆人出声嚷道：“陛下，这拖鞋是让您进厕所时穿的。”

阿布哈珊一阵面红耳赤，赶紧把它穿在脚上。躲在帘子后的哈里发笑得几乎喘不过气来。

婢仆们伺候阿布哈珊上完厕所，然后端出金盆让他梳洗，并且铺好毡毯供他礼拜。他暗自忖道：“也许我真的是哈里发，因为梦境不会这样真实。”于是他相信自己就是国王哈里发，心中不再感到疑惑。

做完礼拜，婢仆们取出国王的宫服帮他穿上，并递上御用宝剑，然后簇拥着他到朝廷，坐上宝座。他举目望去，只见殿内站满了文武百官，大家齐声向他跪拜，呼喊万岁，场面非常隆重。最后宰相张尔凡上前来，跪在他面前说：“陛下，祝您万寿无疆。愿天下人都敬爱您，愿幸福的火光永远照耀着您。”

宰相赞颂完毕，阿布哈珊大声说道：“我命令你立刻去慰问阿布哈珊的母亲，向她致意，并赏她一百金币。还有，把她隔壁的四个老头抓起来，每人重打四百大板，游行示众，宣布他们造谣生事、侵犯邻居的罪名，然后驱逐出境。”

“遵命。”宰相张尔凡随即退下去执行任务。

阿布哈珊坐在宝座上，对文武百官发号施令，处理国家大事，一直忙到傍晚。官员大臣们退朝后，侍从们才又迎接他回到后宫。阿布哈珊见宫中灯火辉煌，乐声不绝于耳，不禁又迷惑起来：“我真的是哈里发吗？”

婢仆们将他迎到餐厅里，摆出丰盛的酒席。他从来没有见过如此美味佳肴，不禁胃口大开，尽情地享受了一番。接着，三个妙龄女子伴着优美的乐声而来，唱起了婉转悠扬的歌。阿布哈珊沉醉在美妙的歌声中，他感到心旷神怡，仿佛置身天堂。这时，躲在帘子后面的哈里发已经笑得前俯后仰。

到了半夜，哈里发吩咐宫女把安眠药放在杯中，然后斟酒给阿布哈珊，他一喝便昏睡过去。哈里发这才从帘子后面走出来，吩咐马仕伦把阿布哈珊送回家去。

次日清晨，阿布哈珊在自己的客厅里醒来，不断叫唤着宫女的名字。他的母亲闻声醒来，立刻跑到他面前说道："儿子啊，你醒一醒，你是不是做梦了？"

他睁开眼睛看见一个老太婆站在面前，一骨碌爬起来，问道："你是谁？"

"我是你母亲呀。"

"胡扯，你这个老太婆！我可是大国王哈里发啊！"

"你疯了？"他母亲被吓得大叫起来，"别再乱说了，要是传到哈里发国王耳中，我们就没命了。"

听了母亲的话，他仔细打量四周，发现自己待在客厅里，而母亲就站在身边，他不禁疑惑地说："我梦见自己住在皇宫里，众多婢仆围在身边伺候我。我坐在国王的宝座上，执掌大权，发号施令。这是我亲身经历，不像一场梦啊。"他思索了一会儿，接着说，"我是阿布哈珊，难道这一切是梦中景象，我只是在梦里当上了国王？"但他又疑惑了，继续说，"不，这不是梦，我一定是哈里发，我还做了赏善罚恶的事呢！"

"儿子啊！你这样乱说，一定是被施了魔法。昨晚你有没有和什么人一起吃饭？"

"对了！"阿布哈珊说，"昨晚有个人和我一起吃饭，我还对他讲述了自己的境遇。这个人一定是魔鬼。您说得对，我是阿布哈珊呀！"

"儿子呀，我告诉你一个好消息，昨天宰相张尔凡来慰问我，赏了我一百金币。他还把隔壁的四个老头抓起来，每人打了四百大板，并将他们驱逐出境了。"

听了母亲这番话，阿布哈珊狂叫起来："你还说我不是哈里发！昨天就是我命令张尔凡来惩罚那几个老头子的，也是我吩咐他赏给你一百金币的。这么说，我的确是哈里发呀！是你颠倒是非，你竟敢愚弄我！”

阿布哈珊一边说一边拿起树枝，重重地打在母亲身上，打得她又叫又嚷。邻居们闻声赶来，只见阿布哈珊一边打母亲，一边嚷道：“老太婆！我分明是哈里发，你竟敢撒谎愚弄我！”

邻居都认为他疯了，于是立刻捉住他，把他捆绑起来，送进了疯人院。

“我没有疯，是他们撒谎。我是哈里发呀！”阿布哈珊大叫。

“你这个疯子！”院长在他的脖子上套了一条粗绳，然后把他拴在铁窗上鞭打。

阿布哈珊在疯人院里受了十天的折磨。母亲去看他，对他说：“阿布哈珊啊，你赶快恢复理智啊，你一定是被施了魔法了。”

“您说得对，是我错了。我现在已经恢复了理智，求您替我证明，救我出去吧。如果继续待在这里，我会没命的。”

阿布哈珊的母亲立刻去找院长，征得同意后，就把他带回家了。休息了一个月，阿布哈珊恢复了健康，又开始盼望招待客人到家里用餐。于是他像往常一样，到桥头等待路过的陌生人。说来凑巧，这回第一个经过的又是哈里发国王。

阿布哈珊冷冷地对他说：“我不欢迎你，你是魔鬼！”

哈里发走到阿布哈珊身边，微笑着说：“兄弟，我不是说过我还要来拜访你吗？”

阿布哈珊回答说：“自从那天我招待你后，我就像着了魔一样，精神恍惚，不得安宁。”

“谁是魔鬼呀？”哈里发问。

“就是你。”

哈里发挽着阿布哈珊坐下，安慰他说：“兄弟，那天夜里我回家时，忘了替你关门，也许魔鬼看见门还开着，趁机闯进屋去打扰你。”

“你打开我的大门就离开，还让魔鬼来打扰我，你到底是什么居心？”虽然如此，阿布哈珊还是把自己的遭遇叙说了一遍。

哈里发听了哈哈大笑，说道：“你不是已经恢复健康了吗？感谢阿拉，他让你免于灾难。”

“我再也不陪你一起吃喝了。俗话说得好：‘被石头绊倒的人如果一再被绊倒，那他是自作自受。’兄弟，你给我带来了灾难，我不会再与你有任何往来，你走开。”

哈里发刻意地讨好他，阿布哈珊经不起哈里发一再请求，只好带他到自己家里，陪他一起吃喝，大谈自己的遭遇。阿布哈珊醉意渐浓时，便开始重复他的老话，说道：“说真的，那件事一直让我很迷惘。我觉得自己好像真的进去皇宫、当过国王。真的，那不像是做梦。”

“怎么可能，一定是你在做梦。”哈里发边说边在酒杯里放了安眠药，然后斟了一杯酒递给阿布哈珊，说道，“喝了它吧。”

阿布哈珊接过哈里发手中的酒杯，一饮而尽，马上又昏睡过去。

“我一定要让他进宫来陪伴我。”哈里发心想，于是他走出大门，吩咐马仕伦立刻把阿布哈珊背进宫。

天快亮的时候，阿布哈珊渐渐苏醒过来，当他睁开眼睛，看见自己又置身王宫，身边婢仆如云，吓得立刻坐起身来。他不禁叹道：“伟大的阿拉救救我吧！我不想再进入疯人院遭受那样残酷的对待啊！求您把魔鬼消灭了吧！”

他闭上眼，拉过被子盖住自己，不断向阿拉祈祷。过了一会儿，一个侍从走到他面前说：“陛下，能劳驾您坐起来吗？您的婢仆正等着要伺候您。”

“我真的是哈里发吗？是不是你们联合起来欺骗我？”他嘴巴念念有词，回想起自己是如何棒打母亲、如何被送进疯人院，身上被疯人院院长鞭打的伤痕还清晰可见，这一切使他莫名其妙，茫然不知所以。

“我是谁？为什么我会在这里？”他问身边的一个宫女，“我到底是谁？”

“陛下，您是哈里发国王呀！”宫女回答。

“你说谎，如果我是哈里发，那么你过来咬我的手指试试。”

宫女遵从命令，走过去用力咬了他的手指。

“哎哟！”阿布哈珊感觉疼痛，大叫一声。但他还是不太相信，又问另一个年纪较大的仆人，“你告诉我，我是谁？”

“陛下，您是哈里发国王啊！”仆人回答。阿布哈珊更加糊涂了。

阿布哈珊走到另一个仆人面前，命令说：“你过来咬我的耳朵。”他随即弯下腰，把耳朵凑到仆人嘴边。仆人使劲咬着他的耳朵不放，阿布哈珊痛得要命，大声说：“够了！”仆人一时紧张，竟然更加使劲，把他的耳朵给咬伤了。

哈里发躲在帘后，看到这种情景，笑得肚子发疼，终于忍不住走了出来，对阿布哈珊说：“你这个家伙真是滑稽，简直要让我笑死了。”

阿布哈珊回头一看，认出他来，知道自己不是在做梦，说道：“原来是你！我们母子和隔壁那几个老头子都被你耍了！”哈里发忍不住哈哈大笑起来，并且向他解释这一切。

哈里发劝阿布哈珊留在宫中享福，并且把一个受宠的侍女汉娜许配给他为妻。从此，阿布哈珊就住在宫中，随侍在哈里发左右，过着无忧无虑的生活。

阿布哈珊和汉娜在哈里发的庇护下，日子过得非常舒适安逸，但是手中的钱财也逐渐挥霍殆尽。

有一天，阿布哈珊突发奇想，他对太太说：“我来想个法子骗骗哈里发国王，你则去骗皇后，我们一唱一和，也许可以从他们那里骗来一些财物，你觉得如何？”

“这倒是个不错的提议，不过该怎么做呢？”

“装死。让我先来，我现在挺直地躺下，你把我的头巾解开，盖在我身上，绑住我的双脚，再放一把刀和一些盐巴在我的胸口，然后弄乱你的头发，撕破衣服，哭丧着脸到皇后面前，跟她说我死了。她听到噩耗，一定会同情你，然后赏你一百金币和一匹丝绸。等你回来后，再换你躺下来装死，我去向哈里发报丧，他听了你的死讯，必然会可怜我，因而给我一百金币和一匹丝绸。”

“妙极了！”汉娜兴奋得叫了起来。于是她叫阿布哈珊立刻躺下装死，绑起他的双脚，把头巾盖在他的身上。然后她披散着头发，扯破身上的衣服，哭着奔到内宫。

皇后看见她这种模样，大吃一惊，问道：“怎么了？发生什么事了？”

“阿布哈珊死了！”她哀伤地哭着说。

“可怜的阿布哈珊！”皇后非常同情她，因而吩咐女仆给汉娜一百金币和一匹绸子，让她好好地安葬阿布哈珊。

汉娜带着一百金币和一匹绸子回家，把所有经过告诉丈夫，阿布哈珊高兴地大笑起来。接着他让汉娜躺下，仿效他装死，然后扯破自己的头巾和衣服，哭哭啼啼地奔往朝廷。

哈里发见他那副模样，着急地问道：“阿布哈珊，发生了什么事？”

“我的妻子汉娜死了。”

哈里发为阿布哈珊感到难过，接着安慰他说：“人死不能复生，你要节哀顺变，我再赐给你一个宫女好了。”接着吩咐随侍取一百金币和一匹绸子给阿布哈珊，让他好好料理汉娜的后事。

阿布哈珊带着钱和丝绸，眉开眼笑地回到家中，对妻子说：“起来吧，我们的目的达到了。”

汉娜一骨碌爬起来，收下一百金币和一匹绸子，夫妻两人高兴得手舞足蹈。阿布哈珊回去以后，哈里发因汉娜的死而感到难过，打算回内宫去安慰皇后。当时皇后也在伤心哭泣，见哈里发到来，便立刻起身迎接，打算为阿布哈珊的死表示哀伤之情，哈里发却先开口说："你的使女汉娜死了，我暂且放下国事，特意前来向你致哀。"

"陛下，我的侍女没事啊，"皇后说，"是你的随侍阿布哈珊突然死了，我正想向陛下致哀呢，希望陛下保重，可别悲伤过度。"

"是吗？"哈里发笑了笑，对马仕伦说，"女人的头脑是怎么一回事，刚才阿布哈珊不是还好端端地在我面前吗？"

"您不该在这种时候开玩笑的，"皇后不解地说，"阿布哈珊已经死了，您怎么还诅咒我的侍女呢？"

"汉娜真的死了！"哈里发坚决地说。

"这不可能，她刚才还哭哭啼啼地跑来向我报丧，而且我还给了她一百金币和一匹绸子办理丧事呢。"

"你怎么这么糊涂，死的是汉娜啊！"哈里发说。

"不，死的人是阿布哈珊。"

哈里发这下子急了，大声吩咐马仕伦："你快去阿布哈珊家看看，到底是谁死了？总不会两个人都死了吧！"马仕伦立刻奉命前去查看。

哈里发对皇后说："皇后，你敢同我打赌吗？"

"为什么不敢？"

"好，那我们就各拿一座宫殿来赌吧。"

于是两人就这样下了赌注，静静地坐着等候马仕伦回来，气氛异常紧张。马仕伦匆匆赶往阿布哈珊的住处。阿布哈珊从窗口看见马仕伦走进巷子，立刻对妻子说："哈里发派人来调查我们的事情，你赶快躺下来装死，好让他回去报告我说的是实话。"汉娜迅速躺了下去，阿布哈珊赶紧拿布盖住她的身子，然后坐在一旁哭泣。

马仕伦到了阿布哈珊家，见汉娜僵直地躺在那里，叹道："生命是多

么脆弱呀！愿阿拉怜悯你，饶恕你的罪过。”

马仕伦向阿布哈珊致哀后，随即赶回宫去向国王报告实情：“启奏陛下，以阿拉的名义起誓，阿布哈珊还活着，是他的妻子汉娜死了。”

哈里发忍不住笑了出来，然后得意扬扬地对皇后说：“你看吧！这回你可输惨了。”

皇后生气地回答说：“我不相信。”

“陛下，我说的都是事实啊。”马仕伦对哈里发说。

皇后生气了，对哈里发说：“我不服气，我得派人去弄清楚事实真相。”于是她唤来一个信任的女仆，吩咐道：“你立刻去汉娜家查清楚，到底是谁死了？尽快回来禀报。”

女仆一路奔向汉娜的住处，她一走进巷口，阿布哈珊就看见她了。他对妻子说：“一定是皇后不相信马仕伦的话，所以才派她的女仆来调查一下。现在该我躺下装死了，好让皇后相信你的话。”说完，他立刻躺下，汉娜把布盖在他身上，然后大声地哭泣。

女仆进到屋里，见汉娜在阿布哈珊的尸体旁哭得柔肠寸断。她哭喊着说：“阿布哈珊丢下我一个人走了，我孤苦无依，日子可怎么过呀！”她撕扯着衣服，越哭越伤心。

“遭遇这样的事，怎么能叫人不伤心难过呢！”女仆也感到悲伤。

看到这种情景，女仆认为马仕伦故意在国王和皇后之间搬弄是非，因而对汉娜说：“马仕伦这个家伙！竟敢搬弄是非，在哈里发和皇后面前挑拨离间。”

“怎么说？”

“马仕伦向国王和皇后谎报你们的情况，他说你死了，阿布哈珊还活着。”

“我刚才去向皇后报丧，她还给了我金币和绸子，要我好好处理阿布哈珊的后事呢。如果死的人是我，让阿布哈珊活着，那该有多好啊！”她说着又哭了起来，女仆也不禁陪着她流下泪，并且走到阿布哈珊面前，揭开盖布看了看。她说了一些安慰汉娜的话，然后就匆匆告辞，回去向皇后报告情况。

皇后听了，笑着说：“还说我糊涂，现在你把实情说给他们听吧。”

“是她撒谎！”马仕伦非常生气，“我亲眼看见阿布哈珊活得好好的，是汉娜死了。”

“你这个家伙才撒谎骗人呢，”女仆不服气，“是你故意搬弄是非。”

哈里发觉得事有蹊跷，于是说：“到底怎么一回事？不如我们四人一起到阿布哈珊家，就可以证实到底是谁说谎了。”

于是国王、皇后、马仕伦和女仆四个人一块儿到阿布哈珊的住所去一探究竟。他们一路上吵吵嚷嚷，谁也不服输。

阿布哈珊见他们一行人全都来了，急忙对妻子说：“这下糟了，他们全都来了！”

“现在该怎么办呢？”

“我们一起躺下装死，暂时停止呼吸吧！”

汉娜听从丈夫的意见，夫妻两人随即将脚绑起来，拿布盖着身体，憋着气，　动也不动。

国王、皇后、马仕伦和女仆走进屋里，看见阿布哈珊夫妻两人的尸体并排躺着时，大吃一惊。皇后埋怨说：“都是你们诅咒我的侍女，现在真的把她咒死了。我相信她一定是因为悲伤过度而死的！”

“你胡扯，”哈里发反驳说，“她当然是死在阿布哈珊之前，阿布哈珊刚才还到宫里向我报丧，当时他难过得不断撕扯衣服。是我安慰他，给了他一百金币和一匹绸子，叫他妥善处理汉娜的后事，并且答应再赐给他一个宫女为妻。一定是阿布哈珊受不了丧妻的打击，才伤心过度死的。所以，当然是我赢了。”

皇后当然不服气，于是又和哈里发争辩起来，谁也不肯让步。哈里

发气得坐在两个死人旁边，说："我向阿拉和历代先祖起誓，要是谁能告诉我这两人谁先死，我愿意赏他一千金币。"

阿布哈珊听了哈里发的话，一骨碌爬起来，说："陛下，是我先死的，请您实现诺言，赏我一千金币吧。"接着汉娜也爬起来，若无其事地站在大家面前。哈里发等人吓得说不出话，惊悸之余，知道阿布哈珊和汉娜还平安地活着，立刻转忧为喜。尤其是皇后，一面生气汉娜胡闹，一面又因为她活着而高兴。在哈里发和皇后的细问之下，才知道两人装死原来是为了骗钱。

"汉娜，有什么需要应该直接跟我说，不可以用这种方法！"皇后说。

"皇后，我不好意思开口呀。"汉娜回答。

阿布哈珊夫妻的诡计被揭穿后，哈里发捧着肚子大笑，然后说："阿布哈珊，你真是大胆，竟然敢愚弄我。"

"陛下，"阿布哈珊说，"我把您赏赐的钱花光了，不好意思再向您乞讨，才会用这种方法骗您一些钱。我一人过活的时候，钱财尚且不敷使用，现在您又赐给我一个妻子，需要的开销就更多了。因为我身上的钱都用光了，才会想出这个荒唐的办法，您就当又给我一次赏赐吧。现在，求陛下实现诺言，把那一千金币赏给我吧。"

哈里发和皇后不禁哑然失笑，然后果然赏了阿布哈珊一千金币，也赏给汉娜一千金币。

之后，哈里发帮阿布哈珊增加薪俸，好让阿布哈珊和汉娜这一对恩爱夫妻快乐而幸福地生活。

# 阿里巴巴和四十大盗

很久很久以前，在波斯的某个城市里住着两兄弟，哥哥叫卡西姆，弟弟叫阿里巴巴。父亲去世后，两兄弟各自分得了有限的一点财产，分家自立，各谋生路。两人不久便把钱财花光了，生活日益艰难。

后来，卡西姆与一个富商的女儿结了婚，岳父去世后他继承了大笔遗产，开始走上做生意的道路，很快地就成为远近闻名的大富商了。

阿里巴巴则娶了一个穷苦人家的女儿，夫妻俩过着贫苦的生活，全部家当除了一间破屋外，就只有三头毛驴。阿里巴巴靠卖柴为生，每天赶着毛驴到树林里砍柴，再驮到集市去卖，以此维持生活。

有一天，阿里巴巴像往常一样到森林砍柴。正当他将砍下的枯树捆绑在驴背上，准备下山的时候，远处突然出现一股烟尘，而且似乎不断地朝他这边飘来。他睁大眼睛仔细一瞧，原来是一支马队正朝他奔过来。阿里巴巴非常害怕，若是碰到强盗，那么毛驴可能会被抢走，而且自身也性命难保。他想拔腿逃跑，但是那帮人马越来越近，已经来不及逃出森林，他只好把毛驴赶到附近树丛里，自己则爬到一棵大树上躲避起来。

那棵树长在一块巨石旁边，他把身体藏在茂密的枝叶间，从上面可以看清楚下面的一切，而下面的人却看不见他。不一会儿，那帮人马已经来到大树旁，勒马停步。他们共有四十人，一个个年轻力壮，行动敏捷。阿里巴巴屏息打量，看起来这伙人是强盗，显然是刚刚抢劫了满载货物的商队，到这里来分赃的，或者准备将抢来的货物隐藏起来。

随后强盗在树下拴好马，取下沉甸甸的鞍袋，阿里巴巴心想，那里头一定装着金银珠宝。这时，一个模样看起来像是匪首的人，扛着自己的鞍袋，来到那块大石头前，喃喃地说道："芝麻，开门！"

就在那一瞬间，大石头突然分开，出现一道宽阔的门路。强盗们鱼贯而入，那个匪首走在最后。匪首一进入洞内，那道大门便自动关上了。

虽然强盗进入洞里，阿里巴巴还是不敢逃走，他怕他们突然从洞中出来，万一被逮到，那就糟了，所以一直躲在树上。阿里巴巴等得有些不耐烦，于是决定偷一匹马并赶着自己的毛驴逃回城去。不过，就在他要从树上下来的同时，山洞的门突然开了。强盗头目首先走出来，他站在门前，看着部下一个个走出来，并清点人数。等大家都出来之后，他便开始念起咒语："芝麻，关门！"洞门自动关了起来。强盗们各自走到自己的马前，捆好鞍袋，纵身上马，跟着匪首从原路扬长而去。

阿里巴巴担心强盗会突然折回来，所以一直到他们走得无影无踪之后，他才从树上下来。

眼前所发生的一切让阿里巴巴感到万分惊奇，他想："我要试验一下这句咒语的作用，看我能否也将这个洞门打开。"于是他大声喊道："芝麻，开门！"

洞门果然应声而开，而当阿里巴巴进入山洞后，洞门又立刻关上了。阿里巴巴被眼前的景象吓了一大跳，他以为这是一个阴森森的黑暗洞穴，没想到里面竟是一个有穹顶的大洞，洞顶的通气孔透进的光线，犹如点着一盏灯。更令他感到惊讶的是，洞中堆满了丝绸、锦缎、绣花衣服、彩色毡毯，还有不计其数的金币和银币，有的散堆在地上，有的盛在皮袋中。阿里巴巴看得眼花缭乱，他从来没有见过这么多金银财宝，心想，这一定是强盗们用来储存掠夺财物的宝库。

他对那些贵重物品一点都不感兴趣，急忙将三头毛驴所能驮得动的金币搬到外面。接着他把钱袋绑在驴背上，上面再覆盖上柴薪，不让任何人看出来。之后，阿里巴巴才大声说："芝麻，关门！"

阿里巴巴赶着毛驴快速返回城中。回到家后，他把驴子赶到院子里，小心地关上门，再把装着金币的袋子搬进屋内，摆在妻子面前。阿里巴巴的妻子看到这么多金币，大吃一惊，以为是丈夫抢来的，便大声斥责："阿里巴巴，你竟然做出这种事！"

"你安静点！"阿里巴巴打断妻子的话，"不要害怕，这不是抢来的。等我把自己的好运告诉你，你就不会再说我是个没用的家伙了。"然后，他把事情的经过都告诉妻子，并且嘱咐她千万不能对任何人说，否则会引来麻烦的。

看到这么多耀眼夺目的金币，她也高兴极了。她打算去数一数那些金币，阿里巴巴说："笨女人！这么数下去，什么时候才数得完啊？若是被人看到，那就糟糕了。还是先挖个洞，把这些金币埋起来吧！"

"你说得对，不过我还是要估算一下，心里也好有个数。"

"既然你这么想数，那就去数吧！不过你千万不能泄露秘密！"

阿里巴巴的妻子说完，就急忙跑到卡西姆家中借量器。卡西姆不在家，她便对他妻子说："嫂嫂，可以把你家的量器借我用一下吗？"

"可以呀，不过你要借大升还是小升？"

"小升就行了。"

"你等一下，我去给你拿。"

卡西姆的妻子答应了。不过她很好奇，阿里巴巴是个穷光蛋，他的妻子究竟要用量器来量什么。于是她在升内的底部，涂上一点蜜蜡，因为她知道无论量什么，总会黏一点在蜜蜡上。

阿里巴巴的妻子一回到家里，就立刻用量器量起金币来。阿里巴巴只管挖洞，等他妻子量完金币，他的地洞也挖好了，他们两人一起动手，把金币搬进地洞，小心翼翼地盖上土，埋藏了起来。

当这个好心肠的女人把量器送还给她的嫂子时，并不知道量器的底部黏着一枚金币。卡西姆的妻子等她一离去，就立刻检查量器的底部，她发现黏着的是一枚金币时，顿生嫉妒之心，自言自语道："天啊！原来他们借我的量器是去量金币啊。"

她心想，阿里巴巴这样一个穷光蛋，怎么会拥有多得可以用量器来量的金币呢？这里面一定有什么秘密。她坐立难安，百思不解，恨不得立刻告诉丈夫这件事。

卡西姆归来时，她立即迫不及待地对他说："你一向以为自己很有钱，现在你睁眼看一看吧！你的弟弟阿里巴巴比你更有钱。他表面上假装很穷，实际上却有如王公贵族一样富裕。他拥有的金币多到需要用量器来量呢！"

"你是怎么知道的？"卡西姆问。

卡西姆的妻子立刻把那枚黏在量器底部的金币拿给他看，并把事情原委告诉了他。卡西姆惊讶万分，同时既羡慕又嫉妒。这件事一直萦绕在他心头，使他彻夜辗转难眠。第二天一大早，他就急忙前去找阿里巴巴。

"阿里巴巴，你表面装得很穷，很可怜，其实你非常富有，你拥有的金币多到需要用量器来量！"卡西姆说。

"你在说什么，我不懂你的意思。你可以说清楚一点吗？"阿里巴巴回答。

"别装了！你非常清楚我在说什么。"卡西姆气冲冲地把那枚金币拿给他看，接着说，"像这样的金币，你有成千上万个，这不过是你量金币时，黏在量器底部被我妻子发现的一枚罢了。"

阿里巴巴知道此事已被卡西姆和他的妻子发现，无法再隐藏秘密了，只好把发现强盗们在山洞中收藏财宝的事，毫无保留地说出来。

卡西姆听了，声色俱厉地说："把你看见的一切都告诉我，尤其是藏宝的确切地点，还有开关洞门的暗语。我要警告你，如果你不老实告诉我，我就去向警官告发你，那么你现在拥有的一切都会被没收，还会被捉去坐牢。”

阿里巴巴在哥哥的胁迫下，只好把山洞的地点和开关洞门的暗语都说出来。卡西姆把一切细节都牢记在心头。

第二天一大早，卡西姆就赶着十头骡子来到山中。他很快就到达目的地，顺利找到了那个洞口，于是他高兴地大喊：“芝麻，开门！”

突然，洞门打开了。卡西姆一走进山洞，洞门便自动关起来。他被眼前的一切吸引住了，陶醉地欣赏着洞里堆积如山的宝物。过了好久，他才如梦初醒，急忙将一袋袋金币搬到洞口，好让十头骡子驮回家去。但由于他兴奋过度，竟然忘了开门暗语，大喊：“大麦，开门！”

洞门依然紧闭着。卡西姆不知如何是好，于是喊出他所能想出来的谷物名称，但门始终紧闭着。他怎么也想不起“芝麻”这个名称来了。他惊慌失措地踱来踱去，对摆在门后预备带走的金币也失去了兴趣。

卡西姆懊悔不已，因为自己过度的贪婪和嫉妒，终于招致灾难。

这天中午，强盗们朝洞穴赶来了。他们老远就看见那群骡子在洞口晃来晃去。当强盗抵达洞口时，这群没有被拴住的骡子一哄而散。强盗们见此光景大感惊讶，为什么这群骡子会从城里跑到这儿来？

强盗首领纵身下马，说了那句咒语，洞门便应声而开。卡西姆在洞中早已听到马蹄声，心想一定是强盗们来了。他感到自己性命难保了，但他还是心存侥幸，期望死里逃生。因此，当洞门开启的刹那，他猛冲出去，不巧正好撞上强盗首领，摔倒在地。其中一个强盗立刻抽出宝剑，把卡西姆拦腰砍为两截，结束了他的性命。

强盗们拥入山洞，把卡西姆预备带走的一袋袋金币搬回原来的地方，不过阿里巴巴拿走的金币，他们却丝毫没有察觉。对于外人能闯进山洞这件事，他们都感到震惊又疑惑，七嘴八舌地讨论起这件事，可是谁也猜不出卡西姆是怎么闯进来的，他们怎么也想不到阿里巴巴曾经看过他们的行动。最后，他们决定把卡西姆的尸体肢解成四块，分别挂在门内左右两侧，以此警告那些想进入洞内索取财物的家伙。一切都处理好之后，他们走出洞外，跨上马扬长而去。

夜幕降临，卡西姆没有回家，他的妻子焦急万分，匆匆跑到阿里巴巴家去。她说："阿里巴巴，你也知道你哥哥去了哪里，可是他从早上出去到现在都没有回来，我非常担心他会发生什么不测。"

阿里巴巴也觉得发生了什么不幸的事，否则卡西姆不可能到现在还没回家。不过他安慰嫂嫂说："卡西姆一定是为了躲避路人，因而绕道回城，所以到现在还没有回到家。我想他晚一点会回来的。"

卡西姆的妻子听了后才稍稍放下心，立刻返回家中，耐心地等待丈夫归来。时至夜半三更，仍不见丈夫人影，她越想越害怕，终于忍不住痛哭起来。她悔恨地说："我不该把阿里巴巴的秘密泄露给他，引起他的羡慕和嫉妒，这才给他招来不幸呀！"

天一亮，她便急急忙忙跑到阿里巴巴家中，恳求他立即出去寻找他哥哥。阿里巴巴先安慰了她一番，然后赶着三头毛驴前往山洞去。他来到那山洞附近，一眼就看到洒在地上的斑斑血迹，他哥哥和十头骡子却不见踪影，显然已经发生了不好的事情。

他战战兢兢地来到洞口，说道："芝麻，开门！"洞门应声而开。他急忙跨进山洞，一进洞内就看见卡西姆的尸首。阿里巴巴惊恐万分，不过他很快就镇定下来，迅速将哥哥的尸首用布包裹起来，搬到驴背上，上面用柴薪遮盖起来。另外他又装了几袋金币，同样也用柴薪掩盖起来。随后，他念了咒语把洞门关上，小心翼翼地赶着毛驴往家里走去。

回到家后，他把驮着金币的两头毛驴交给妻子处理，他自己则把运载尸首的那只毛驴牵往嫂嫂家。前来开门的是卡西姆的女仆马尔基娜，她让阿里巴巴把毛驴赶进庭院。阿里巴巴卸下卡西姆的尸首后，对女仆说："马尔基娜，赶快准备埋葬你的男主人吧。我先去向你的女主人报告这个噩耗，然后再回来帮你的忙。”

卡西姆的妻子一看见阿里巴巴，就迫不及待地问道：“阿里巴巴，有你哥哥的消息吗？看你一脸悲戚，莫非他遭遇了不测？快告诉我发生了什么事。”

阿里巴巴把卡西姆的遭遇和怎样把他的尸首运回来的经过，详细地说了一遍。

“嫂嫂，不幸已经发生了，事情也已无法改变。不过，对于发生的一切，你一定要严守秘密，否则我们都会没命的。”

卡西姆的妻子悲痛地流着泪说：“这都是我丈夫的命。为了你和我的安全，我会保守秘密的，绝不向外泄露。”

“任何人都无法违抗阿拉的旨意。你忍耐一点，待丧期一过，我就娶你为妾，让你过安乐的日子。至于我的妻子，她心地善良，绝不会生气或嫉妒，这一点你尽管放心。”

“就照你的意思办吧。”她说。对于丈夫的死，她仍然感到很难过。

阿里巴巴向嫂嫂道别后，就去找女仆马尔基娜，与她商量如何妥善处理哥哥的后事，交代好该做的事情之后，他才返回家。

阿里巴巴一离开，马尔基娜就立刻到药铺，要老板给她一帖垂死的病人吃了有效的药。

“是谁病入膏肓，要服这种药呢？”老板问。

“是我的男主人卡西姆，他病得很严重，快要死了。已经好几天了，他不吃也不喝，一句话也说不出来。”马尔基娜回答。

第二天，马尔基娜再次到药铺去，要老板再给她一帖药。她假装很忧愁的样子，还故意叹了一口气，说：“我担心他连药都吃不下去了，也许他现在已经断气了。”

第三天一大早，马尔基娜戴上面纱，到老裁缝巴巴穆司塔的店铺去。她给了裁缝一枚金币，说道：“我要你用手巾把眼睛蒙起来，然后跟我去一个地方。”

巴巴穆司塔没有答应。马尔基娜又塞了一枚金币在他的手里，并恳求他跟她一起走。

巴巴穆司塔是一个贪图小利的人，见到两枚金币，就立即答应了。马尔基娜用手巾蒙住他的眼睛，然后牵着他走进放置卡西姆尸首的房间。这时马尔基娜才解开蒙在巴巴穆司塔眼睛上的手巾，告诉他：“尽快把这具尸首按原样拼在一起，缝合起来，然后再给他缝一套寿衣。做完这些事后，我会再给你一枚金币。”

工作完成后，马尔基娜又给了巴巴穆司塔一枚金币。她再次蒙住他的眼睛，然后牵着他，把他送回了店铺。

马尔基娜很快回到家中，在阿里巴巴的协助下，用热水洗净了卡西姆的尸体，穿上寿衣，摆在干净的地方，把埋葬前应做的事都准备妥当，然后去寺院，向教长报丧，说丧者等候他前去送葬，请他为死者祷告。

教长随马尔基娜来到卡西姆家中，替死者进行祷告，按惯例举行了仪式，然后由四个人抬着装有卡西姆尸首的棺材，送往坟地进行安葬。马尔基娜走在送葬行列的前面，披散着头发，捶胸顿足，号啕大哭。阿里巴巴和其他亲友跟在后面，一个个面露悲伤。埋葬完毕后，大家才各自归去。

依照当地习俗，邻近的妇女都前来安慰卡西姆的妻子。阿里巴巴则待在家中四十天，为哥哥服丧，以示哀悼。

在阿里巴巴、卡西姆的妻子和马尔基娜的安排之下，没有其他人知道卡西姆死亡的真正原因。四十天的丧期过后，阿里巴巴将卡西姆的部分财物搬到自己的房子里，公开娶他的嫂嫂为妾，并要卡西姆的大儿子继承他父亲的产业，继续经营店铺的生意。

这一天，强盗们照例返回洞中，发现卡西姆的尸首已不在洞中，而且洞中又少了许多金币，这使他们感到非常诧异。

“我们必须立刻追查这件事，”匪首说，“否则我们经年累月搜刮来的财物，就会被一点一滴地偷光。”

匪徒们听了首领的话后，都认为事不宜迟，因为他们知道，除了被他们砍死的人知道开关洞门的暗语外，那个搬走尸首并盗窃金币的人，也势必懂得这句暗语。所以必须把那人查出来。他们经过周密的计划，决定派一个机警的人，伪装成外地商人，到城中大街小巷去探听清楚，最近谁家死了人，住在什么地方。这样就能找到线索，也就能找到他们所要捉拿的人。

“我愿意接受这项任务，”一个匪徒自告奋勇地说，“让我进城去探听消息吧！我会很快把情况打听清楚的。如果任务失败，我愿意接受死刑。”

当天夜晚，这个匪徒就乔装成外地商人，溜进了城里。第二天清晨，他就开始了计划，见街上的店铺都关闭着，只有裁缝巴巴穆司塔的店铺例外，他手上拿着针线，坐在板凳上干活。匪徒向他请安问好，然后问：“天还没亮，怎么就干起活来了，你看得见吗？”

“你大概是外地来的，才会对我一无所知。别看我上了年纪，眼力可是好得很呢。我还曾在一间漆黑的房里，缝合好了一具尸首呢！”

匪徒听了，心中暗喜不已，他知道可以从裁缝这里打听出他想知道的事情。他故意装出很惊讶的样子，说道：“你是在开玩笑吧！你的意思是说你给一个死人缝了寿衣吧？”

“你不相信就算了，也别再问我问题了。”

匪徒忙把一枚金币塞给裁缝，说道：“我并不想探听什么秘密。我可是一个忠厚老实的人，我只是想知道，你替谁家做零活？你能把那个地方告诉我，或者带我上那儿去一趟吗？”

裁缝贪婪地接过金币，然后说：“当时我是由一个女仆用手帕蒙住双眼后带去的，到了目的地，她才解掉我眼上的手帕。我应她要求将一具砍

成几块的尸首缝合起来，为他做好寿衣后，再由那女仆蒙上我的双眼，将我送回来。因此，我无法告诉你那儿的确切地址。”

“你虽然不能指出那所住宅的具体位置，但我们可以像上次那样，照你所做的那样，我们也来演习一遍，也许你就会回忆点什么出来。当然，你若能把这件事办好，我会再给你一枚金币。”

匪徒说完，又把一枚金币塞进裁缝手中。巴巴穆司塔把两枚金币装在衣袋里，离开店铺，带着匪徒来到马尔基娜给他蒙眼睛的地方，让匪徒拿手帕蒙住他的眼睛，牵着他走。巴巴穆司塔是个头脑清楚、感觉灵敏的人，一会儿便进入马尔基娜带他经过的那条胡同里。他边走边揣测，并计算着一步一步向前移动。他走着走着，突然停下脚步，说道：“前次我跟那个女仆好像是走到这儿的。”

这时候巴巴穆司塔和匪徒已经站在卡西姆的住宅前，如今这里已是阿里巴巴的住宅了。

匪徒找到卡西姆的家后，用白粉笔在大门上画了一个记号，免得下次来时找错门。他即刻解掉巴巴穆司塔眼上的手帕，说道：“巴巴穆司塔，你帮了我个大忙，我很感激，愿伟大的阿拉保佑你。现在请你告诉我，是谁住在这所屋子里？”

“说实在的，我一点也不知道。”裁缝回答，“这一带我不熟悉。”

匪徒知道无法再从裁缝口中打探到更多消息，就让他回去。他自己也立刻赶回山洞，向首领报告这个消息。

裁缝和匪徒走后，马尔基娜外出办事，刚跨出大门，便看见门上的白色记号。她沉思了一会儿，猜想是有人故意做的识别标记，肯定不怀好意。于是她就用粉笔在所有邻居的大门上画上同样的记号。她严守秘密，对谁也没有说，连男主人、女主人也不例外。

另一边，匪徒向匪首和伙伴们报告了寻找线索的经过，首领和其他匪徒听到消息后，陆陆续续溜到城里。那个在阿里巴巴家的大门上做过记号的匪徒，直接将匪首带到了阿里巴巴的家附近，说：“我们所要寻找的人，就住在这里。”

匪首四下看了看，发现每家的大门上都画着同样的记号，觉得奇怪，问道：“这里的房屋，每家的大门上都有同样的记号，你所说的到底是哪家呢？”

带路的匪徒顿时变得不知所措，他发誓说：“我只在一间房子的大门上做过记号，不知这些门上的记号是从哪儿来的，现在我也不敢肯定哪个记号是我画的了。”

匪首沉思了一会儿，对匪徒们说：“由于他没有把事情做好，我们要寻找的那所房屋没找到，使得我们白辛苦一场，现在暂且回山洞，以后再做打算。”

返回山洞后，匪首便拿那个带路的匪徒出气，将他痛打一顿后，再命手下把他关起来，并说：“谁愿意回到城里去打探消息？如能把盗窃财物的人抓到，我就加倍赏赐他。”

听了匪首的话，又有一个匪徒自告奋勇地说：“我愿意，相信我一定能做得很好。”于是这个匪徒又找到裁缝铺里的巴巴穆司塔，并且跟第一个去的同伙一样，用金币买通裁缝，利用他找到了阿里巴巴的家，在阿里巴巴屋子的门柱上，用红粉笔画了一个记号，这才赶忙返回山洞，向匪首报告。他得意地说道：“报告首领，我已经找到那间房屋，这次我用红粉笔在门柱上做了记号。我可以轻易分辨出来。”

过了一会儿，谨慎小心的马尔基娜就发现门柱上又有个红色记号，于是又在邻近人家的门柱上也画了同样的记号。

当匪徒们进城去报仇时，发现附近每家住宅门柱上都有红色记号，一个个只得垂头丧气地返回山洞。匪首怒不可遏、大发雷霆，又把第二个匪徒关了起来，叹道：“我的部下都是酒囊饭袋，看来此事得由我亲自出马，才能解决问题。”

匪首打定主意，单枪匹马来到了城中，照例找到了裁缝巴巴穆司塔。在他的帮助下，顺利地来到阿里巴巴的家门前。他没有做任何记号，只是把那住宅的位置和四周的景象记在心里，然后他马上赶回山洞，对匪徒们说："我找到那家伙的住处了。现在你们马上找来四十个大瓦瓮，三个里面装满油，其他三十七个，每个里面藏一个人，然后把这些瓮绑在二十头骡子上。我扮成卖油商人，赶在天黑前进城，到那家伙的家门前，求他收留我暂住一宿。到了晚上再找机会下手，杀了他，夺回我们的财物。"

经过三天的奔波，他们把所需要的东西全部备齐了，在匪首的指挥下，全副武装的匪徒分别潜伏在三十七个瓮中，用二十头骡子驮运。匪首扮成商人，赶着骡子，大模大样地向阿里巴巴的住处出发了。

这时，阿里巴巴刚吃过晚饭，正好在屋前散步。匪首一看见他，便立刻趋向前去，向他请安问好，说道："我是个贩油商人，从外地来的，经常到这里来做生意。今天太晚了，我找不到过夜的地方，恳求你发发慈悲，让我在您的府上打扰一晚。"

阿里巴巴虽然曾见过匪首，也听过他的声音，但由于他伪装得很巧妙，而且天色已黑，一时竟分辨不出来，因而同意了匪首的请求，为他安排了一间空闲的柴房，作堆放货物和关牲口之用，并吩咐男仆预备些饲料和水。他也通知马尔基娜今晚有客人投宿，并吩咐她为客人做晚饭，铺好床让他住一夜。

匪首卸下货物，搬到柴房中，给牲口提水拿饲料，他本人也受到主人的殷勤招待。阿里巴巴叫来马尔基娜，吩咐道："你要好好招待客人，满足客人的需要。明天一早我上澡堂沐浴，你预备一套干净的白衣服，以便沐浴后穿。此外，在我回来前，为我准备一锅肉汤。"

"我明白了，一定按照老爷的吩咐去做。"马尔基娜回答。

阿里巴巴说完之后进卧室休息去了。匪首吃过晚饭，随即走到柴房照料牲口。他趁夜深人静、阿里巴巴全家安歇时，压低嗓音，告诉躲在

瓮中的匪徒们说："今晚半夜，当你们听到我的信号时，就带着刀迅速冲出来。"

匪首交代完毕后，走出柴房，由马尔基娜引着，来到为他准备的卧室里。

"如果您还需要什么，请尽管吩咐吧！"马尔基娜说。

"谢谢，不需要什么了。"匪首回答说，待马尔基娜走后，他就熄灯上床休息。

马尔基娜按主人的吩咐，拿出一套干净的白衣服，交给另一个男仆阿布杜拉。随后她拿了一个锅子，准备熬煮肉汤。可是肉汤还没煮好，油灯就熄灭了，家里又没有剩余的油可添，她一时不知如何是好。阿布杜拉看着马尔基娜为难的样子，便提醒她说："不用这么着急，柴房中不是有菜油吗！为何不取些来用？"

马尔基娜感谢阿布杜拉的建议，就拿着油壶走向柴房。她来到第一个瓦瓮前，这时躲在瓮中的匪徒听到脚步声，以为是匪首来叫他们，便轻声问道："行动的时候到了吗？"

马尔基娜被瓦瓮中的说话声吓了一大跳，但她是一个机智勇敢的人，立刻冷静地响应道："还不到时候。"她暗想道："原来这些瓮里装的不是菜油，而是人。看来这个贩油商人存心不良，也许想打什么坏主意，施展阴谋诡计。慈悲的阿拉啊！求您保佑！"然后她挨到第二个瓮前，仍然假装成头目的嗓音，说："现在还不到时候，再等一会儿。"她就这样一个挨一个地回答同样的话。

"天啊！"她暗自说道，"我的主人招待的贩油商人，竟然是个强盗头目，而且还把一群手下都带进来，此时匪徒们正在等待他发出暗号，打算杀害我的主人。"此时她已来到最后一个瓮前，发现这个瓮里装的是菜油，便灌了一壶，拿到厨房，给灯添上油。然后她拿了一只大茶壶，再一次到柴房中，从那个瓮中舀了一大锅油。随后她燃起熊熊的灶火，把一大壶油烧开，这才拿到柴房中，依序给每个瓮里浇进一瓢沸油。躲在瓮中的匪徒还不知是怎么一回事，就一个个被烫死了。

聪明机智的马尔基娜悄悄地做完了这一切，屋里所有人都已熟睡，没有人知晓。确定每个匪徒都被烫死之后，她才回到厨房，关起门来，继续为阿里巴巴煮汤。

大约过了一个小时，匪首从睡梦中醒来，他起身打开窗户，见室外一片黑暗，寂静无声，便拍手发出了暗号，叫匪徒们立即出来行动，但是没有一个人响应暗号起来行动。过了一会儿，他再次拍手，并出声呼唤，还是没有任何动静。他第三次呼唤，仍得不到回答。此时他慌了，赶忙奔到柴房中，心想他们大概一个个都睡熟了。“我必须立刻叫醒他们，赶快行动，否则就来不及了。”

他走到第一个油瓮前，立刻嗅到一股刺鼻的油味，心里非常吃惊，伸手一摸，觉得烫手。他一一检查每一个油瓮，发现所有油瓮的情况都一样。这时候，他明白发生什么事了，同时对自身安全也感到担心。计划失败了，他又失望又害怕，只得翻墙跳到后花园，逃窜无踪。

马尔基娜等了片刻，不见匪首从柴房中出来，心想他一定是翻墙逃跑了，因为大门上了两道锁。但无论如何，其余匪徒已经不会有任何威胁，马尔基娜这才安心地上床去睡觉。

离天亮还有两个小时的时候，阿里巴巴就起床去澡堂沐浴，他完全没有察觉到当夜家中发生了什么事情。因为机智的马尔基娜并没有惊动他，她也没料到事情如此容易应付。原来她认为如果先向主人报告她的计划，恐怕会错失机会，而让强盗得逞。

阿里巴巴从澡堂归来时，已经日上三竿了。他见油瓮还摆在柴房中，感到很惊讶，于是问马尔基娜说：“这位客人怎么还不把油驮到市场去卖？”

马尔基娜回答：“老爷啊，万能之神阿拉救了您。昨晚发生的事情，待会儿我慢慢讲给您听。”阿里巴巴立刻跟在她后面走进柴房，马尔基娜关了房门，然后指着一个油瓮说：“请老爷看看，到底里面装的是不是油。”

阿里巴巴打开瓮盖一看，里面躺着一个男人，吓得差点夺门而出。马尔基娜立刻安慰他：“别害怕！这人已经无法伤害您，他已经死了。”

“这是怎么一回事，为什么这个家伙要找我们的麻烦？”

“感谢阿拉！事情的经过，我会详细报告老爷的。可是请您不要大声叫嚷，免得被邻居知道，给咱们带来麻烦。现在请老爷一一查看这些瓮里的东西。”

阿里巴巴依次看了一遍，发现每个瓮中都有一个全副武装的男人，幸亏都被沸油烫死了。他吓得一句话也说不出来，只是呆立在那里，凝视着这些瓮。过了一会儿，他才回过神来，问道：“不过，那个贩油商人呢？”

“那个家伙不是什么商人，根本是个骗子。他的所作所为，我会详细报告的。不过，老爷才从澡堂归来，还是先回到屋里喝些肉汤吧！”

阿里巴巴回到屋里，马尔基娜立刻端上肉汤。但他并没有立刻喝汤，而是说：“快告诉我到底发生了什么事，这样我才能定下心来。”于是马尔基娜详细说了昨晚所发生的事情。

马尔基娜说完事情的来龙去脉后，又说：“除此之外，几天前，我就发现有些不寻常的事情。我没有报告老爷，是怕万一事情传开，邻居会知道。情况是这样的：有一天，我看到大门上有个白色粉笔画的记号，第二天则是红色记号，当时我虽然不知道是什么记号，是谁画的，但是我怀疑可能有人存心要来害老爷，所以我一连两天也在周围每家大门上，都画上一模一样的记号。现在看来，画记号的人一定是这伙人，是他们为了避免走错门而想出的伎俩。按四十个强盗的数目计算，除了头目，还有两个人活着，因此您不得不提防他们。尤其是头目，他一定不会轻易放过您的，老爷必须格外注意，加倍提防。为了老爷的生命财产安全，不管要我做什么我都会全力以赴，这也是我的职责所在。”

阿里巴巴听了非常高兴，说道：“我很感谢你为我做的一切，我一辈子都不会忘记。告诉我，我该怎么报答你？”

“这是我应尽的义务。”马尔基娜说，“目前最急迫的事，就是赶快把那些家伙的尸体埋起来，不要让秘密泄露出去。”

阿里巴巴按马尔基娜的指点，亲自带仆人阿布杜拉到后花园挖了一个大坑，把三十七具尸首掩埋起来，把地面恢复得跟先前一模一样，同时还把油瓮和武器全都收藏起来。接着阿里巴巴又叫阿布杜拉分批将骡子拉到集市卖掉。

这件事虽然已经处理妥当，但阿里巴巴并未因此安心，因为他知道匪首和两个匪徒还活着，并且一定会再来报仇，所以他格外小心谨慎，而对于他从山洞中获得财物和消灭匪徒的经过，从不透露。

匪首从阿里巴巴家逃跑后，悄悄回到了山洞。他满腔怒火，认为只有杀掉阿里巴巴，才能解除心头之恨，也才能保住山洞里的财物。于是他决心一个人再进城去，寻找机会收拾掉阿里巴巴，然后再另起炉灶，招兵买马，继续过劫掠生活，也只有这样，才能把祖传下来的杀人越货的事业代代传下去。

匪首打定主意后，倒头睡觉了。次日，天刚亮他就起床，像前次那样把自己乔装打扮一番，然后就进城去。他暗自嘀咕：“阿里巴巴杀了这么多人，一定闹得满城风雨，而阿里巴巴免不了被捕，他的住处也一定被毁了，财产一定会被没收。”于是他向客栈的老板打听消息：“最近城里发生了什么奇怪的事情吗？”

老板告诉了匪首许多传闻，不过没有一件是他想知道的，他这才明白阿里巴巴是个机警聪明的人，他不但拿走了山洞中的钱财，还害了这么多人的性命，而他自己却安然无恙。因此，匪首愈发认为必须充分运用自己的智慧，提高警觉，才不至于再度失败，甚至遭到杀害。

打定主意之后，他在市集上租了一间店铺，从山洞中搬来昂贵的上等货物，乔装成商人，装模作样做起生意来。

说来凑巧，匪首的店铺对面，正是已故卡西姆的店铺所在地，现在由他的儿子，也就是阿里巴巴的侄子继续经营。匪首现在化名为盖哈瓦吉·哈桑，他待人亲切又大方，很快地就跟附近各商家混熟了。他对卡西姆的儿子格外亲切，他们常常一起聊天，往往一聊就是几个小时。

这天，阿里巴巴到店铺去看望侄子，正巧被店铺对面的匪首看见了，匪首一见阿里巴巴便认出他来。于是，匪首向小伙子打听："经常到你店铺中来的那位客人是谁呀？"

"他是我的叔父。"小伙子回答。这之后，匪首对阿里巴巴的侄子更加热情，不断送他礼物，故意拉拢他。

阿里巴巴的侄子常常接受哈桑的好处，于是想好好招待对方吃顿饭，但感到自己的住处狭小不太方便，尤其是跟哈桑那样考究的排场比起来，未免显得寒酸。于是他便去请教他的叔父阿里巴巴。

阿里巴巴对侄子说："你的想法是对的，应该请那位朋友来做客。明天是礼拜五休息日，各商家都停业休息，你约哈桑去散步，然后带他到我这儿来。我会吩咐马尔基娜预备一桌丰盛的筵席款待你们，你不用操心，一切交给我来处理。"

第二天，阿里巴巴的侄子按叔父的指示，邀约哈桑一起上公园散步，回家时，顺便引哈桑走进叔父住宅所在的大街。来到门前时，阿里巴巴的侄子停下脚步，边敲门边说："这是我叔父的家。你为人慷慨大方，又对我这么好，我叔父都听说了，因此他很想认识你。希望你可以和我一起去拜访他。"

匪首听了暗自欢喜，他终于有机会接近阿里巴巴，报仇的愿望很快就能实现了。但是他佯装客气，一再表示推辞。这时候，仆人已将大门打开，阿里巴巴的侄子也拉着哈桑的手不放，于是两人就一起进屋去了。

阿里巴巴亲切地迎接客人：“感谢你平时照顾我的侄子，我感激不尽。我知道你像父亲一样关心他、爱护他。”

匪首装出很客气的样子，也说了一些恭维和应酬的话：“你的侄子为人不错，我对他的印象很好，也很喜欢他。他年纪虽轻，可是资质不错，前途无量。”

寒暄了片刻之后，哈桑说：“时候不早了，我该告辞了，希望以后有机会再来拜访您。”

阿里巴巴起身挽留他说：“留下来一起吃晚餐吧！虽是粗茶淡饭，不像你家里吃的那样美味，但这是我的心意，请不要推辞。”

“衷心感谢您的邀约，不过我的确有特殊原因，不得不求你原谅。”哈桑说。

“请您告诉我，到底是什么重大事情，让您无法和我们一起用餐？”阿里巴巴问。

“是这样的，这一阵子我吃药治病，大夫特别嘱咐我，不可以吃加了盐的菜肴。”哈桑回答。

“如果只是这样，您大可不必担心，请跟我们一起用餐吧。我现在就去吩咐厨子做无盐的菜肴。您在这儿等我一下，我立刻就回来。”阿里巴巴说。

于是阿里巴巴走到厨房里，吩咐马尔基娜做菜不要放盐。马尔基娜听到这样的吩咐，非常讶异，问道：“这位要吃无盐菜肴的客人是谁啊？”

“你不必管那么多，只管照我的话去做就是了。”

“我会照您的意思去做。”马尔基娜对提出这个要求的人感到很好奇，很想多看他一眼。于是等菜肴都准备齐了，她就帮阿布杜拉去摆好桌椅，端出菜肴。虽然哈桑乔装成外地商人的模样，但马尔基娜还是一眼就认出他来。马尔基娜仔细观察他，发现他上衣下面藏着一把短剑。

“原来如此！”她暗自嘀咕，“现在我知道这个恶棍为什么不吃加了盐的菜了。他在寻找机会谋害我的主人，我绝对不会让他得逞，要在他逞凶之前先除掉他。”

主人陪客人用餐时，马尔基娜回到厨房，仔细思考对付匪首的办法。待他们用餐完毕，马尔基娜便忙着收拾杯盘碗盏，并端餐后水果，然后她又拿了一个小茶几放在主人和客人身旁，并把三个酒杯和一瓶醇酒摆在茶几上，供主人和客人自斟自饮。一切布置妥当，马尔基娜和阿布杜拉才退下，吃饭去了。

此时，匪首觉得机会到了，顿时高兴起来，暗想：“这是报仇的绝佳机会，我只要用这把短剑刺进阿里巴巴的心脏，就可以结束这个家伙的性命，然后从后花园溜走。他的侄子如果敢对抗我，我就一刀刺向他，置他于死地。不过还要稍等一下，等那两个仆人吃完饭回到房中休息时，再动手也不迟。”

马尔基娜看穿了匪首的阴谋，于是暗中监视他的举动。她对自己说：“我绝不能让这个恶棍有逞凶的机会。我不仅要阻止他的阴谋诡计，还要结束他的性命。”

这个忠实可靠的女仆换上跳舞的衣服，脸上罩着昂贵的面纱，头上缠一块头巾，腰上束一条银带，围腰下面挂着一把镶有金银宝石的短剑。打扮完之后，她对阿布杜拉说：“带着手鼓跟我来，我们为老爷的客人表演吧！”

阿布杜拉拿着手鼓，跟马尔基娜来到客厅。他们深深一鞠躬，请客人欣赏他们的表演。阿里巴巴说：“你们表演一些精彩的节目，让客人好好欣赏。”

“承蒙您如此盛情款待，我感到愉快极了。”哈桑表示衷心感谢。

他们两人话一说完，阿布杜拉立刻敲起手鼓，马尔基娜随着优美的鼓声轻盈地舞动起来。马尔基娜轻盈的步子和婀娜的舞姿，任何人看了都会陶醉的。正当他们看得出神的时候，马尔基娜突然拔出短剑，一跃而起，从这边旋转到另一边，好几次她还做出要刺向自己胸膛的动作，舞得比之前都要精彩。

最后，她用左手把阿布杜拉的手鼓拿过来，右手仍然握着短剑，按喜庆场合的惯例，向在座的人乞讨赏钱。她首先停在主人阿里巴巴面前，主人扔了一枚金币在手鼓中，他的侄子也同样扔进一枚金币。哈桑看到马尔基娜靠近时，也想赏钱，便从怀里掏出钱包来。这时马尔基娜鼓足勇气，把短剑猛地刺向哈桑的心脏，立刻结束了他的性命。

阿里巴巴大吃一惊，大声怒吼："你在做什么？你想把我毁了吗？"

马尔基娜回答说："不是这样的，我刺死这个家伙，是为了救您的性命！如果您不相信，请解开他的上衣，便可知道是怎么回事了。"

阿里巴巴掀开上衣，看见里面藏着一把锋利的短剑。

马尔基娜说："这个卑鄙的家伙是您的敌人，请您仔细看看，他正是那个冒牌的贩油商人，也就是那伙强盗的头目。当您说他不吃加盐的菜肴时，我就起了疑心。当我第一眼看到他时，便认出他是强盗头目，知道他是来报复您的。阿拉保佑，事实证明我的猜想没错。"

阿里巴巴非常感谢马尔基娜，说道："你先后两次从匪首手中救了我的命，我现在就恢复你的自由之身，为了报答你对我的忠心，我把你许配给我的侄子。"

说着，他转向侄子说："马尔基娜是一个尽忠职守的人，我希望你娶她为妻。你看看躺在地上的这个哈桑，他之所以接近你，是为了谋害我，而马尔基娜凭她的智慧和机灵，替我们除去祸害，也救了我们的性命。"

阿里巴巴的侄子接受他的建议，愿与美丽的马尔基娜结为夫妻，于是阿里巴巴带领侄子、马尔基娜和阿布杜拉，趁着夜色，小心谨慎地把匪首的尸体挪到后花园，挖了个地洞，埋在地下。此后，他们全都守口如瓶，始终没让外人知道这件事情。

阿里巴巴及其家人经过精心准备，选择了良辰吉日，为他的侄子和马尔基娜举行隆重的结婚典礼，他们大摆筵席，盛宴宾客，并安排豪华的仪式、各式各样的舞蹈、各种流行的乐曲。亲戚、朋友、邻居纷纷前来庆祝，婚礼一片欢乐，热闹空前。阿里巴巴彻底根除了隐患，从此他安心地经营生意，过着富足的生活。在这之前，由于顾虑匪徒，也为谨慎起见，阿里巴巴自哥哥卡西姆死后，再也没去过山洞。

后来匪首和匪徒一个个伏法被诛，又经过了一段时间，他才在一天清晨，独自骑着马入山，来到洞口附近，仔细观察了周围的情况，确认没有人迹，心中有了把握后，他才鼓足勇气，走近山洞，把马拴在树上，来到洞前，说了暗语："芝麻，开门！"

和过去一样，洞门随着暗语声而开。阿里巴巴进入山洞，见所有的金银财宝依然存在，原封不动地堆积在那里。由此，他深信所有的强盗都完蛋了。也就是说，现在除了他自己外，没有一个人知道这宝窟的秘密了。于是他又装了一袋金币，运往家中。

后来，阿里巴巴把山中宝库的秘密告诉了他的儿子和孙子，并教他们开关和进出山洞的方法，让他们代代相承，继续享受宝库中的财富。就这样，阿里巴巴及其子孙后代一直过着极其富裕的生活，成为这座城市中最富有的人家。

# 辛巴达航海历险记

从前在哈里发国王执政的时期，巴格达城里有一个叫辛巴达的脚夫，他靠帮人搬运货物过日子，生活十分贫困。这一天，天气非常酷热，肩上沉重的担子累得他汗流浃背、气喘吁吁。此时他刚好从一家富商门前经过，实在走不动了，只好放下担子，坐在门前宽敞、干净的石阶上休息。

辛巴达刚坐下，就闻到屋里散发出一股香味，还听到一阵阵悠扬的乐声。他情不自禁地悄悄走到门前，伸长脖子向里面窥视，原来是一座非常豪华的庭园，富丽堂皇，婢仆成群，那种豪华气象，俨然是帝王的宫殿。一阵微风送来丰盛菜肴的气味，更使他陶醉。他抬起头望着天空，喃喃叹道：

“创造宇宙的神啊！你是万能的、至高无上的，你是万物的主宰。求你饶恕我的过失，接受我的忏悔！我多么敬爱你，赞美你！你喜欢谁，谁就能尽情享受恩赐，就像这所房子的主人，丰衣足食，享尽人间的荣华富贵，但是有的人像我一样，每天饱受千辛万苦，生活却日益穷苦。我究竟犯了什么罪过，必须过着这样悲惨的生活？”

辛巴达发完牢骚，挑起担子正要离去的时候，屋里出来一个容貌清秀、衣着华丽的仆人，一把拉住他的手，说道：“我的主人有话对你说，跟我进来吧。”

辛巴达打算拒绝，但是无法推却，便放下担子，随仆人进去了。

只见这座房子巍峨堂皇，席上坐着的好像都是达官显贵，席间摆满各式各样的醇香美酒和山珍海味，乐师手持乐器，纵情地吹拉弹唱。最里头的座位上，坐着一位仪表堂堂、须眉皆白的绅士，他就是这间屋子的主人。

辛巴达被这种情景吓得目瞪口呆，暗想："难不成这里真的是帝王的宫殿？"他恭敬地向大家问候，然后谦逊地站在一旁。

主人请他坐在自己身边，亲切地和他谈话："我们竭诚欢迎你，愿你万事顺心。请问你叫什么名字？从事什么职业？"

"我叫辛巴达，是位脚夫，专门帮人搬运货物。"

主人听了，不禁微微一笑，说道："真巧，我的名字也叫辛巴达，不过我是个航海家。"

脚夫辛巴达忽觉惭愧，尴尬地说："老实说，我刚才太累了，才会胡言乱语，希望老爷您原谅。"

"我已将你视为我的兄弟了，不必害羞，尽情吟唱吧！我听了你在门前吟的那首诗，觉得很有趣。"

于是，脚夫辛巴达把他的感叹重吟了一遍。

主人听了，感慨地说："其实，我在过上这种幸福的生活之前，也饱尝了多年痛苦与煎熬。我曾经七次航海旅行，在每次航海旅行中遭遇到的艰难险阻，都是惊心动魄、令人难以想象的。我就趁这个机会，把我冒险的经历如实说出来。"

## 第一次航海

我的父亲原是个生意人，他非常富有，而且乐善好施。在我年纪很小的时候，父亲就去世了，他留下了一大笔遗产。因此，我无所顾忌地挥霍，沉醉在享乐之中。然而，生活景况一天不如一天，当我察觉到自己的

愚昧时，钱财已经挥霍殆尽。

孑然一身，眼看就要陷入绝境，我突然想起父亲的遗训："生日比死日好，活狗比死狮好，坟墓比贫困好。"于是我强打起精神，把仅存的家当全部变卖，换得三千金币作为旅费，决定到远方去发展。

打定主意后，我便和几个商人结伴，决定从海上出发。我们在海中航行了几天几夜，经过许多岛屿，每到一个地方，我们便各自使尽本事，从事买卖，以物易物。

有一天，我们经过一个小岛，岛上景色非常美丽，因此船长决定靠岸休息。大伙儿纷纷跳下船，登上岛去，可是正当我们大吃大喝、玩得不亦乐乎时，小岛竟然摇晃了起来。

船长忽然高声喊道："赶快上船吧！这不是一个岛，而是漂在水上的一条巨鱼！因为漂太久了，身上堆满沙土，所以才会长出草木，形成岛屿的样子。你们在它的背上生火煮饭，它感觉到热气，已经动起来了。万一它沉入海底，你们都会没命的。"

于是大家急忙扔掉手上的东西，争先恐后地向船奔去。可是那条大鱼已经摇动起来，接着迅速沉了下去，没来得及登上船的人全都淹没在海里。

我自己也未能幸免。正当我快要淹死的时候，幸蒙阿拉保佑，我发现旁边漂来一个大托盘，便伸手抓住它，整个人趴在上面，两只脚像桨一般拼命摆动，希望漂到船边，这样就能得救。可是船长竟然不顾淹没海底的船员，扬帆而去。我望着船身渐渐远去，心想这下必死无疑了。

就这样，我在海上漂了一天一夜。第二天，我被风浪推到一个荒岛上，两只脚被鱼咬得皮破血流。这时我已筋疲力尽，因此我倒在地上就昏了过去，一直到次日太阳出来时，我才慢慢苏醒过来。

虽然两脚又痛又肿，我还是慢慢地爬行，希望可以找到能吃的东西。

幸好这个岛上有许多野果，还有潺潺流水，于是我摘野果充饥，喝泉水解渴，静静地休息了几天，想等身体复原后再做打算。

这一天，我沿着海滨漫步，突然发现远处有一个隐约可见的影子。我原以为是野兽或海中的动物，于是好奇地走过去。原来那是一匹高大的骏马，被人拴在海边。它一看见我，就嘶叫了一声，吓得我往后退了一步。此时，突然一个人从地洞里钻出来，大声问道："喂！你是谁啊？来这里做什么？"

于是，我把发生的事情详细述说了一遍。我一说完，那人就拉着我的手，带着我走到地洞里，然后拿出许多食物给我吃。当时我饿得要命，于是不顾形象地狼吞虎咽起来。

吃饱之后，我问他："可以告诉我你是谁吗？为什么住在地洞里，又为什么把那匹马拴在海边？"

"我们是专门替麦希尔嘉国王养马的人，分散在这个海岛的各处，每到月圆的时候，我们就把高大健壮的母马带到这里，拴在海边，然后躲在地洞里。一旦海马闻到母马的气味，就会跑上岸来和母马交配，要把它带到海里去，可是母马被拴住，无法逃跑，就会长嘶大叫，乱踢乱撞。我们听到声音后，就会立刻跑出来，并且大声吼叫，把海马吓跑。母马受孕后，生出的杂交小马，每一匹的价值都不菲。这里渺无人烟，幸好你遇到我们，否则日后恐怕再也不会遇见任何人，说不定还会丢了命。"

我衷心地感谢他，为他祝福。

就在这个时候，一匹海马来到岸上，并跑到母马面前要带走它，只见它们互相踢打，母马大声惊叫。这时，养马人应声拿起宝剑和盾牌，跑出地窖，大声呼唤："海马上岸了，大家快出来吧！"

他边喊边用宝剑敲盾牌，霎时，许多人应声从地洞钻了出来，手拿武器，高声喊叫，硬是把海马吓跑了。

过了一会儿，那些人每人牵着一匹马来到我们面前。他们见我和他们的伙伴在一起，觉得很奇怪，便询问我的来历，于是我又把自己的经历叙述了一遍。我和他们一起用餐，休息片刻后，他们就带着我进城去见国王。

国王对我表示欢迎，然后问起我的情况，我又不厌其烦地把自己的经历和见闻说了一遍。他听了很惊讶，说道：“你若不是长寿之人，我想是不可能摆脱那种灾难的。”国王很同情我的遭遇，于是热情款待我，并留我在宫中任职，承担管理港口的工作。

就这样，我在那里生活了很长一段时间。不过，每当我到海滨，都会向商人和航海的人打听巴格达的消息，总希望有人要去那里，这样我就可以和他同路回家乡。可是我始终没能如愿，没有人知道巴格达在什么地方，也没有人要去巴格达。

国王麦希尔嘉的管辖区内，有个叫科彼鲁的小岛，听说岛上热闹非凡，一天到晚都可以听到锣鼓声，所以水手们都相信岛上住着一个叫迪杰尔的神怪，于是我决定到那个岛上去看看。在那里，我看到好几条长达二十丈的大鱼，还看到像猫头鹰的鱼，还有许多奇奇怪怪、说不出名称的东西。

我在那里还是照样拄着拐杖，在海滨巡视。直到有一天，一艘载满旅客的大船向港口驶来。船靠岸后，船长吩咐下锚，水手忙着搬出货物，交给我登记。我问船长：“船上还有其他货物吗？”

“是的，先生，船里还有一批货物，不过它的主人已经在海上遇难了，他的货物由我们代为保管。我们打算卖掉这些货物，等哪天回到巴格达，再把赚来的钱交给他的家人。”

“是吗？货物的主人叫什么名字？”

“他叫辛巴达，已经淹死了。”

听了船长这番话，我仔细一看，立刻就认出他来。我抑制不住内心的激动，大喊起来：“船长！我就是辛巴达啊！我就那些货物的主人呀！那天，当大鱼沉下去的时候，你大声叫我们赶快上船，但是许多人都来不及上去，落到海里，我也是其中一个。幸亏阿拉保佑，让我抓住一个大托盘，才被风浪推到这个岛上。天啊！你船里的那些货物，全部都是我的呀！”

“开什么玩笑！”

“船长，你为什么要这样大惊小怪？”

“你谎称自己是货主，企图侵占他人的财物，这是非常不道德的。你给我听好，我可是亲眼看见辛巴达和许多旅客同时落海的，你竟然还敢谎称自己是货主！”

“船长，请你冷静一点，拜托你听我解释。”

于是，我对船长详述起从巴格达出发后在途中的经历，以及我所有货物的种类。船长和旅客这才相信我说的都是真话。于是大家笑逐颜开，祝贺我安然无恙。

“一定是阿拉救了你！我们做梦也没想到你会脱险。”船长说。于是他们把货物归还给我，所有东西完好如初，上面写着我的名字。

我随即打开货箱，挑选了几样名贵值钱的东西，带到宫中献给国王，并告诉他，我所乘的那只商船意外来到港口，货物全都回到我的手里。国王非常高兴，明白了我过去所说的全都是事实，因此也回赠了我许多礼物。

我卖掉所有货物，用赚来的钱收购了许多当地的土产。临行前，我还进宫去和国王道别，感谢他对我的恩情，并请他允许我起程回乡。国王慨然允许。

于是，我带着国王送的礼物，辞别了国王，随着商人们重回大海。船只在大海中不分昼夜地航行，最后终于平安回到巴格达。

回到家乡后，我用赚来的钱广置田地产业，很快就累积了许多财富，比先父留给我的还要多上好几倍。从那以后，我广交朋友，过着比以往更舒适、快乐的生活，旅途中所经历过的艰难困苦，全忘得一干二净。这就是我第一次航海旅行的故事。

说完，航海家辛巴达招待脚夫辛巴达共进晚餐，并吩咐仆人拿来一百枚金币送给他，说道："今天承蒙你光临，带给我们许多快乐。如果你愿意，明天再来听我第二次航海的经历。"

脚夫辛巴达受到这样热忱的款待，还获得贵重礼物，大感吃惊。他谢过了航海家辛巴达，带着金币告辞回家。一路上，他思索着自己的遭遇和别人的经历，感觉非常奇妙。

当天晚上，脚夫辛巴达睡得又香又甜。第二天，他穿上最好的衣服，如约来到航海家辛巴达的宅邸。等亲友都到齐了，大家一块儿享用美食，在轻松愉快的气氛中，航海家辛巴达开始叙述起他第二次航海的经历。

## 第二次航海旅行

在我第一次航海结束后，本来打算在巴格达过安定的生活。可是有一天，我突然又起了出海旅行的念头，很想再到海外游览，并兼做一些生意。

于是，我买进一些货物，包装妥当后，运到港口。当时港口恰巧停着一艘新船，满载旅客和食物，正准备起航。我立刻把行李和货物搬到船上，跟这些商人和旅客们一起出发。

那天，天气晴朗，航行也很顺利；我们从这个港口航行到另一个港口，从这个岛屿又到另一个岛屿。每到一个地方，我们都上岸去买卖货物，跟当地的商贩和官吏打交道，生意一直都很好。

有一天，我们路过一座美丽的小岛。岛上有翠绿的森林，数不尽的野果，五彩缤纷的花朵，歌声嘹亮的鸟儿，还有潺潺的小溪，只是岛上一个人也没有。船长把船停在岸边，大家都上岸去参观，赞美阿拉创造宇宙的伟大和奇妙。我带着食物，独自走到小溪边的树荫下，一边吃东西一边欣赏风景。那时天高气爽，凉风习习，周围一点声音也没有，不知不觉我就在大自然的怀抱中沉沉睡去了。

我一觉醒来，看不见一个人影，原来船只已经开走了，只剩我一个人被留在岛上。我起身环顾四周，还是看不见任何人影，而商船已经在很远很远的地方了。我一个人流落荒岛，害怕的感觉油然而生，顿时陷入绝望之中。我的身体渐渐感到疲惫，几乎失去了活下去的信心，不禁喃喃自语："瓦罐不是每次都打不破的！上次虽然幸免于难，这回要想再次脱险，恐怕比登天还难了！"

想到这儿，我忍不住哭了起来。我一再埋怨自己，为什么不待在家里享福，偏偏要离乡背井，到海上来奔波。上一次就险些丢了性命，这回却又离开巴格达，重回海上生活，我后悔极了。

我不敢待在同一个地方，只好漫无目的地走动。后来我爬到一棵大树上，向远方眺望，只见晴空万里、海天相连，还有茂密的森林和飞鸟。突然，我发现远处有一个巨大的白色影子，于是我赶忙溜下树，朝那个方向走去。

原来那是一幢高耸的白色圆顶建筑。我绕着它转了一圈，却找不到大门。这座建筑格外光滑，我无法攀登上去。眼看着太阳就要西下了，我急着想进这屋子里休息，就在我束手无策的时候，我发现太阳突然不见了，四周一片漆黑。当时正是夏天，我以为是空中起了乌云，可是我抬头仔细一看，一只身躯庞大、翅膀宽阔的大鸟正在空中盘旋。

我突然想起从前有人说过，据说在某些海岛上，有一种身躯庞大、被称为神鹰的大鸟，它们常常捕捉大象喂养自己的雏鸟。我刚才看见的那幢白色圆顶建筑，难道是个神鹰蛋？我不由得惊叹阿拉的造物之奇。这时，那只神鹰慢慢地落了下来，缩起翅膀，孵在蛋上休息。

我灵机一动，立刻解下头巾，搓成一条绳子，把自己的身体牢牢地绑在神鹰的脚上，心想："也许这只神鹰能把我带到有人烟的地方去。"

那天晚上，我一直不敢睡觉，生怕神鹰突然起飞，而我却毫无准备。

第二天清晨，神鹰醒了，伸长脖子吼叫一声，然后展开翅膀，带着我飞向天空。它越飞越高，仿佛已经接近天边了。也不知飞了多久，它才慢慢降下，落在一处高原上。于是，我战战兢兢地解开头巾，迅速离开神鹰。（我虽然暂时脱离了危险，但是仍然感到恐惧，茫然不知所措。）

这时，神鹰从地上抓起一样东西，再度飞向天空中。我仔细一看，才知道那是一条又粗又长的蟒蛇。看到这种景象，我害怕极了。我向前走了几步，才发现自己置身在一处极高的地方，脚下是深谷，四面是高不可攀的悬崖。陷入这样的境地，我又开始责备起自己："我不该再次冒险的，这里既无野果充饥，又无河水解渴。刚刚才脱离危险，现在又遭遇这样的灾难。我真是不幸啊！"

实在是不得已，我振作起精神，鼓起勇气走进山谷里。我发现那里是蟒蛇丛生的地方，而且遍地都是珍贵的钻石。一条条粗大的蟒蛇张着口，好像一口就能吞下一头大象。它们白天都潜伏在这里，以躲避神鹰的捕杀，只有夜间才出现。"我真是自找死路啊！"我既懊悔又绝望，只盼伟大的阿拉来拯救我。

太阳下山了，我生怕自己被蟒蛇吃掉，徘徊在山谷中，想找个可以栖身的地方。我发现附近有一个山洞，于是急忙钻进洞去，用一块大石堵住洞口，心想先暂时躲一晚吧，等天亮后再找出路。我才刚坐下，就听到咻咻的声音，转过头一看，一条蟒蛇正孵着蛋并躺卧在洞中。我吓得全身发抖，整夜都睁着眼睛，根本不敢睡觉。

好不容易熬到天亮，我推开大石头逃了出来。由于整夜没睡，加上又渴又饿，只觉得浑身无力，头晕目眩，走起路来摇摇晃晃。此时，突然天空落下一头被宰的羊，我环顾四周，仍不见一个人影，顿时吓得毛骨悚然。

我想起从前有人告诉过我一个传说：据说钻石都出产在极深的山谷中，人们无法下去采集，于是钻石商人就想出了一个办法，把羊宰杀并剥掉皮，丢到山谷中，待沾满钻石的羊肉被山中巨大的兀鹰攫向山顶啄食的时候，商人们便叫喊着赶走兀鹰，收拾沾在羊肉上的钻石，然后把羊肉扔给兀鹰。据说这是珠宝商人获得钻石的唯一方法。

我想起了这个传说，立刻就跑上前去，羊肉上果然有许多钻石，于是我毫不犹豫地在食物袋、衣袋和鞋子里装满最大颗的钻石，然后把羊覆在自己身上，用头巾把自己跟羊肉牢牢地绑在一起。

不久，果然来了一只兀鹰，攫着羊肉就飞腾起来，一直飞到山顶上。当它正要啄食羊肉时，忽然崖后传来叫喊声和敲木板的响声，兀鹰立刻高飞远逃。我赶紧解开头巾，从地上爬了起来。这时，一个商人迅速跑过来，见我全身血淋淋地站在羊前，吓了一大跳，过了好一会儿才恢复镇定。当他翻着死羊却找不到任何钻石时，气得大骂："真倒霉！这是哪儿来的魔鬼，夺走了我的宝石！"他懊恼地看着我，气冲冲地问道，"你是谁？为什么到这里来？"

"我也是个生意人，之所以会到这里来是有原因的。你别害怕，我这里有许多钻石，我会分一部分给你，让你满意。"

商人非常感激，亲切地和我交谈。其他来取钻石的商人，见到我也吓了一大跳，可是当他们听到我的遭遇和流落到山谷中的经过时，更是吃惊。我给了那个商人许多钻石，弥补他的损失，他高兴地说："是阿拉保佑你，使你平安脱离险境。以往凡是到这山谷来的人，无一能幸免，你算是幸运的。"

我总算平安离开了蟒蛇丛生的山谷，来到有人烟的地方，心情顿时轻松了许多。我和商人们在那里过了一夜，第二天才和他们一起下山。我们不停地赶路，最后来到一处宽阔的原野。这里长满了高大的樟脑树，枝叶扶疏，像一把巨大的伞，可以供一百个人乘凉。要取樟脑，只要在树干上凿个洞，汁液就从洞中流出，汁液流完后，大树就会枯萎，最后变成枯木。

原野上的丛林里，有一种动物叫犀牛。犀牛长得跟水牛很像，不过犀牛的身体比水牛高大，头上长着一支长约五十厘米的角。据说，犀牛能用这个角抵死大象，把它顶在头上，毫不费力地漫山遍野乱跑。后来大象身上的脂肪被太阳融化，流到犀牛眼中，犀牛因而失明，分不清方向，只好躺在河边，常常就被神鹰攫去喂养雏鹰了。此外，那儿还有野牛和其他各种各样的野兽。

我从一个城市旅行到另一个城市，沿途拿钻石换回许多货物，运到各地贩卖，赚了不少钱。

我经过长期旅行，到过许多地方，最后还是回到家乡巴格达。和家人朋友重逢后，我分送礼物给他们，并救济穷苦的人。我又恢复从前那种安定的日子，生活舒适安逸，渐渐地，我又把之前所经历的危难给淡忘了。

航海家辛巴达讲完第二次航海旅行的经历，接着说道："若阿拉愿意，明天我再告诉你们第三次航海旅行的经历。"然后他招待辛巴达和亲友享用晚餐，并送给脚夫辛巴达一百枚金币。

第二天，脚夫辛巴达如约又来到航海家辛巴达的家，听他讲述第三次航海的故事。

## 第三次航海旅行

我在第二次航海旅行归来后，过了一段清闲的日子，但是很快地就厌倦了这样无所事事的生活，内心又萌生了出海旅行的念头。于是，我买进了堆积如山的货物，和几个商人搭上即将出航的船只，又一次毅然离开了巴格达。

我们的船从这个海洋航向另一个海洋，途中经过许多城市和岛屿，每到一个地方，我们都要上岸去做买卖。有一天，船正在海中航行，站在甲板上向远处眺望的船长忽然高声狂叫起来，他不停地打自己的脸颊，拔嘴上的胡须，还撕扯身上的衣服，像发了疯似的。我们急忙问道："船长，发生了什么事？"

"你们没发现吗？我们的船被风浪控制了，我们很快就会被吹到危险的猿人山了。那里的人长得跟猴子一样，而且极其凶残，凡是从那里经过的人，无一幸免。我想我们全都要死在这里了。"

船长刚说完，猿人便出现了，它们从四面八方包围过来。猿人身材短小、浑身是毛、面目狰狞，说着我们听不懂的话。我们不敢驱逐它们，也不敢抵抗，唯恐被它们伤害。

忽然，猿人爬到船上，咬断了缆索和风帆，于是船身慢慢倾斜，最后搁浅。我们全部成为俘虏，被驱赶上岸，船上的财物被洗劫一空，船只也不知道被拖到什么地方去了。最后，猿人一哄而散，跑得无影无踪。

我们被困在荒岛上，饥渴难耐。不久，我们发现岛上有一幢建筑物，便立刻前去查看。那是一幢结构坚固的高楼，门墙高耸，两扇大门敞开着，里面有一个宽敞的庭院，周围门窗林立。我们往里走，只见厅堂里摆着高大的凳子，炉灶上挂着各种烹调器具，周围堆着无数的人骨头，屋内却悄无人影。

见此情景，虽然感到害怕，但大家还是在屋里坐了一会儿。因为没有什么动静，大家纷纷躺在地上，呼呼大睡起来。因为太累了，我们从早晨一直睡到日落。忽然，我们被一阵隆隆的响声惊醒，这时整个地面震动起来，接着一个黑色的巨人从楼上走下来。他有一双像在喷火的眼睛，张着血盆大口，露出猪牙般的尖齿，一片驼唇垂到胸前，两只大耳朵如扇子一般，一副狮爪般的指甲朝我们伸来，我们一个个吓得魂不附体。

巨人在高凳子上坐了一会儿，然后走到我们面前，猛地把我抓起来，放在手中端详，好像屠夫在揣摩牲畜的肥瘦一样。他似乎觉得我太瘦弱，不合标准，因而把我扔在地上，抓起另一个倒霉的伙伴，但同样看了看就扔下。他审视了几个人，但是都不满意，最后他看上了船长。他是我们中最肥胖健壮的一个，他似乎很合巨人的胃口。突然巨人把船长提起来，然后重重地摔在地上，踩着船长的脖子一扭，只听见“咔嚓”一声，脖子就断了。接着巨人取下一把长铁叉，把船长的尸体串在上面，放在烈火上烧烤，然后像吃烤鸡烤鸭那样慢慢地撕着并吃了起来。

巨人吃完把骨头扔在一旁，便躺在高凳子上呼呼大睡起来，如雷的鼾声一刻也没停，他一直到第二天清晨才醒过来，然后踩着沉重的步伐扬长而去。

我们确定他走远了，才敢开口说话。大家都忍不住放声大哭，埋怨道：“我们宁愿落到海里淹死，或者被猿人吃掉，也比被这怪物拿去烤来吃掉好上百倍。真是太悲惨了！难道我们注定要死在这里？伟大的阿拉啊！救救我们吧！”

我们打起精神往外走，试着找个藏身的地方，或找条逃走的道路。可是我们走遍全岛，仍然一无所获。黑夜来临了，我们只好冒着生命危险回到那幢屋子里，暂时栖身。我们才刚坐定，整个地面又震动起来，那个黑色的巨人怪物又出现了。他按顺序把我们一个个抓起来，像昨天那样仔细审视，最后找了一个满意的人，立刻就把他放在火上烤，大快朵颐一番，然后躺在凳子上睡觉，一直睡到天亮才起身离去。

怪物走后，大家围在一起商量对策。最后我建议：“我们先动手做一个木筏，然后再想办法杀掉他。等他死了，我们可以乘木筏漂流出去，或者暂时留在这里等船只经过。若是杀不了他，我们还是可以乘木筏逃走，就算落海淹死，也比被烧烤吃掉来得好吧。如果能够安全脱险，那就是我们的福分，否则我们就等死吧！”

大家同意我的想法，于是立即动手，把木板、木头搬到屋外，做成一张筏子系在海边，一切都准备妥当后，才又回到屋里。

到了晚上，我们脚下的地面又震动起来，那个怪物出现了，像饿狼似的把我们一个个仔细观察一番，选中目标后，照前两次那样将他烧烤来吃，然后呼呼大睡起来。

我们趁他熟睡的时候，合力将两把铁叉放在火上烤红，抬到怪物面前，对准他的两只眼睛猛力地戳进去。他痛得大声狂叫，挣扎着要爬起来抓我们，可是他已经瞎了，什么也抓不到。他挣扎了一会儿，最后跌跌撞撞地走出大门，叫吼着离去了。

我们才刚松口气，没想到那怪物竟然带着两个更高大、更丑的同类回来，我们吓得浑身毛骨悚然，没命地向海边奔去，乘着木筏子离开海岸。可是那两个怪物拿着大石块追了过来，朝我们乱扔。同伴们有的被砸死、有的落海淹死，最后只剩我和另外两个人存活下来。

我们三个人乘着筏子，在海上漂了很久，最后被风浪推到另一个小岛上。我们感到有一线希望而激动不已。我们已经精疲力竭，才走几步就走不动了，此时天已经黑了，就躺在地上睡着了。可是才睡一会儿，我就惊醒过来，只见一条又粗又长的蟒蛇正在吞食我的一个同伴，我甚至还听见他的骨头在蟒腹中碎裂的声音。一时间我又陷入极端的恐惧之中，不禁哭了起来，祈求阿拉快来救我们。

我和另一个同伴赶快逃走，在岛上继续跋涉，饿了就摘野果充饥，渴了就喝河水解渴。天快黑的时候，我们爬到一棵大树上，心想可能安全了，便躲在枝叶中睡觉。然而当天夜里，一条大蟒蛇悄悄地爬到树上，将我那唯一的同伴吞吃掉了。我眼睁睁地看着他被吞食掉，听见他的骨骼碎裂的声音，这恐怖的景象吓得我魂不附体，整个人好像濒死了一样。

我在树上待了一整夜，到第二天清晨才下来，失魂落魄地向海边走去，打算投海自尽，摆脱一切苦难。但人终究是怕死的，我临阵退却了，最后还是找来几块宽大的木头，分别绑在头上、身体前后和四肢上，好像钻进了一个木笼中，然后才安然躺在地上休息。

当天夜里，那条大蟒蛇又来到大树下面，爬到我面前。可是有木头保护我，它无法吞食我，只得绕着我兜圈子。我眼睁睁地望着它，吓得魂飞魄散。那条大蟒蛇来来回回折腾了一整夜，始终吃不到我，这才放弃，悻悻然离去。

蟒蛇离去后，我解掉绑在身上的木头，急忙跑向海边，正好看见远处海面上的一艘船。我按捺不住激动的心情，赶紧折了一根大树枝，一边摇摆，一边大声呼唤。船上的人听见我的喊叫声，把船驶到岸边，将我带上了船。我把自己死里逃生的遭遇，详细叙述了一遍，他们听了都感到万分惊奇。我在船上吃了点东西，休息一会儿，精神也恢复了，于是我衷心赞美阿拉，感谢他再次让我脱离险境。

我随着这艘船在海上航行了一段时间，在几个岛上靠岸过，最后来到一个叫萨拉希塔的小岛。商人们纷纷带着货物上岸去做生意，这时船长走到我身旁，对我说："先前有个商人跟我们同行，但是中途失踪了，也不知他是死是活，至今完全没有消息。他留下了许多货物，我打算找个人把它卖掉，你愿意帮我这个忙吗？"

"没问题。我很感谢船长给我这个工作的机会。"

于是，船长吩咐水手把货物搬出来交给我。这时记账的人问道："船长，这批货物的所有人，该写谁的名字？"

"还是跟原来的一样，写航海家辛巴达。"

我听见船长说出我的名字，大吃一惊，心想："难不成那就是我？"于是我仔细端详船长的脸，认出他就是我第二次航海时把我弃置于岛上的那个船长。抑制着激动，我镇静地对船长说："船长，你提到的这批货物的主人，情况究竟如何？"

"我也不是很清楚，只知道他是巴格达人，是个航海家，名叫辛巴达。我们在一个荒岛上停留，后来他就失踪了。”

“船长，你仔细看看我，我就是辛巴达，我还活着啊！”

于是，我把那天没赶上船，以及后来流落到钻石山的种种遭遇，详细地述说了一遍。

旅客们听了我的话，都围过来，对我的话半信半疑。其中一个商人听我提到钻石山，立刻走到我面前说道：“你们看吧，上回我告诉你们我在钻石山，宰羊丢到山谷中采集钻石，有个人附在那只羊身上回到山顶，你们没有一个人相信，还说我撒谎，现在你们该相信了吧。那个附在羊身上的人，就是这个人。他还给了我许多珍贵的钻石，补偿我的损失。他现在就出现在这里，事实证明，我没有说谎，他说的也都是实话。”

船长听了这个人的话，走到我面前，凝视着我，问道：“你的货物有什么标记吗？”

我把货物的种类和特征叙述了一遍，他这才相信我就是辛巴达。于是他热情地拥抱我并问候我。

货物回到我手里后，我又赚了一大笔钱。离开萨拉希塔岛之后，我跟随商人们继续旅行，我亲眼看见许许多多奇怪的事物，有长得像黄牛和驴子的鱼、长达十米的大乌龟，还有在海里孵卵的鸟类。

经过漫长的旅途，我终于回到家乡，和家人亲友团聚。大家见我历劫归来，喜不自胜。由于再次死里逃生，我从此开始广施博济，救助穷苦无依的人，自己也过着锦衣玉食的舒适生活，把过去旅途中的惊险遭遇，忘得一干二净。

航海家辛巴达讲完了第三次航海旅行的经历，接着说道：“若是阿拉允许，明天我再把第四次航海旅行的故事说给你们听，那可是比这一次更惊险万分呢！”

说完，他照例吩咐仆人拿一百枚金币送给脚夫辛巴达。

## 第四次航海旅行

在第三次航海旅行回来后，我过着比从前更安逸、富裕的生活，过去旅途中惊险的遭遇早就忘得一干二净。我还是经不起冒险欲望的诱惑，总是念念不忘旅途中的种种刺激，又萌生了出海做生意的念头。于是，我和一些商人朋友，带上更多的货物，再次乘船出海。

船在海中破浪航行，经过了一座又一座岛，我们一路顺风航行。直到有一天，海面上暴风骤起，波涛汹涌，船长吩咐立刻抛锚停船。当时我们诚心祈祷，乞求阿拉保佑。可是风浪越来越大，最后船沉了，人货和钱财全都沉入海中。

我奋力地游着，正当快要淹死的时候，忽然抓到一块厚厚的大船板，上面还有几个幸运没被淹死的旅客。我们就这样趴在船板上，在汹涌澎湃的海中随波逐流，在海上漂流了一天一夜。

次日，我们被风浪吹打到一处沙滩上。幸亏岛上有许多植物，我们采了些野果充饥以维持体力。入夜后，大家躺在沙滩上睡觉，直到第二天太阳出来时才醒过来。我们沿着海滨走，无意间发现远处有一幢建筑物，便急忙奔跑过去。突然，一群大汉从屋里走出来，他们一丝不挂，什么话也没说就抓住我们，并且把我们带到国王面前。

国王叫我们坐下，吩咐摆出一桌我们从来没有见过的食物招待我们。同伴们太饿了，立刻狼吞虎咽起来，只有我自己胃口不好，任何东西都没有吃。感谢阿拉保佑，这样我才能活到现在。

因为同伴们吃了那些东西后，一个个都疯了。那些大汉还拿椰子油猛灌他们，并往他们身上涂抹。伙伴们喝了椰子油后呆若木鸡，连眼珠子都不能转动了，食欲却更加旺盛。看到这种情景，我又痛心又害怕，担心那些大汉也把我弄成疯子。

原来，他们是食人族，凡是进入该地区被发现的人，都会被逮到国王面前，给他们吃那种食物，拿椰子油灌他们，并涂抹他们的身体，撑大他们的胃，让他们没节制地多吃多喝，直到丧失理智；等到把他们喂得又肥又胖时，再杀了他们供国王享用。

同伴们已变成呆子，任人摆布，甚至被当成牲畜一样被赶出去放牧；而我自己则忧郁成疾、骨瘦如柴，因此引不起他们的注意，被扔在一旁不管。逐渐地，他们把我忘记了，于是我赶紧抓住机会悄悄地逃走。

我走了不远，忽然发现一个裸体大汉坐在山坡上，原来他是看管我那些同伴和其他俘虏的牧人。他看到我时，发现我还有理智，于是好心地指示我说："向后转，朝右边走，就可以找到出路。"

我按牧人的指示，向后一转，果然发现右边有一条路，于是我立刻冲过去，生怕他会追过来。我拼命地向前奔跑，直到离开那个牧人的视线，才稍微放心下来。此时天已经黑了，我停下来休息，躺在地上打算睡一觉，但因为过度恐惧和饥饿，根本睡不着。于是我鼓起勇气，摸黑继续前行，一直走到天亮。这时，我再也走不动了，只好暂时停下来休息，采些野果来吃。就这样，我盲目地走着，到了第八天，才看见远方隐约出现人影。我朝那里走去，一直走到日落西山，才到达目的地。但因为吃过几次亏，我不敢贸然接近，只好远远地观察他们，原来这些人是在采胡椒。

我这才慢慢走了过去。他们看见我，立刻围着我问道："你是谁？从哪儿来的？"

于是，我把自己的身世和各种离奇的遭遇，一股脑儿地告诉他们。

"天啊，你是怎么逃脱的？他们是出了名的食人族，落在他们手里，谁也别想活命，我们从来不敢从他们那个地方经过。"

这些人拿了一些东西给我吃，稍微休息过后，就带我上船，到他们居住的岛上，并领我去见他们的国王。国王和所有朝臣听了我的悲惨遭遇，无不感到惊诧。国王安慰我，并吩咐随从拿出美食来招待我。我饱餐一顿之后，跟着随从到城里参观了一番。

这是一座繁华热闹的城市，商店林立，街上车水马龙，路上行人来来往往，络绎不绝。能来到这个国家，我感到非常高兴，当地居民很欢迎我，同时，我备受国王器重，地位日益崇高。

当时他们的官员都骑着没有马鞍的骡马，我觉得很奇怪，于是有一天，我对国王说："陛下，你们为什么都不用马鞍？"

"马鞍是什么东西？"

"请允许我替陛下准备一副，让陛下亲自试用看看。"

国王立刻找来一个能干的木匠，由我指导着他制作鞍架，覆盖上皮革，还用棉布做成鞍褥，再找个铁匠来，教他打了一副铁镫系在鞍上。一切就绪后，我牵来一匹骏马，架上马鞍，牵去谒见国王。国王一见，非常高兴，亲自试骑，国王骑起来感觉格外舒服，因此重重地赏赐了我。

消息传开，朝臣大小官员纷纷要求我替他们制造马鞍。我答应了他们的要求，并将技艺传给木匠和铁匠，制造了大批马鞍，卖给大小官员和各行各业的人，意外地赚了一大笔钱。渐渐地，我在这个国家有了很高的名望和地位，过着快乐舒适的生活。

有一天，国王对我说："你已经成为我们的一员，备受所有人爱戴，因此我们希望你留下来，不要离开。"

"陛下对我关怀备至，我实在感激不尽。您的旨意，我一定遵命。"

"我打算把一个美丽、聪明而且有钱的姑娘许配给你，让你在此成家立业。"

听了国王的话，我很不好意思，默然低头不语。于是国王追问道："你觉得如何，为什么不说话？"

"就依照陛下的意思办理吧！"

国王很高兴，立刻吩咐随从请来法官和证人，将一个美丽高贵的姑娘许配给我为妻，并赐给我一幢漂亮的房子，还配给我家丁和奴仆。从此，我按月领取薪俸，和妻子彼此相爱，过着甜蜜、快乐的生活，忘却

了过去的一切灾难和不幸。我常想，如果有一天能返回家乡，一定要带走她。

有一天，一个邻居的妻子死了。我去他家吊唁，见他愁眉苦脸，于是我安慰他说："你要节哀顺变，好好保重自己，愿阿拉补偿你的损失，增加你的福寿。"他悲恸地回答说："阿拉怎能补偿我的损失呢？我怎么还能再娶？我只剩一天的生命了！"

"你冷静些，你的身体非常健康，别说些傻话诅咒自己。"

"兄弟，你明天就再也看不到我了。"

"为什么？"

"今天人们要葬我妻子的时候，我也要一起被埋葬。你大概不知道，这是我们这个地方的风俗习惯，妻子死了，丈夫就得陪葬；丈夫死了，妻子也得陪葬。夫妻中只要死了一个，另一个也就不能继续享受生活的乐趣了。"

"这是什么陋习啊！"我感到很不可思议。

正当我和邻居说话的时候，许多人都陆续赶来吊唁，并准备送葬事宜。他们抬着棺木，并带着死者的丈夫离开，来到城外靠海边的一座高山上。他们掀开一块大石头，把死者放进底下的坑洞里，然后拿粗绳子把死者的丈夫绑好，也放进洞去，同时家丁给他一罐水和七个面饼，然后再用大石头盖上洞口，这才回家。

我为那个被活埋的邻居感到悲伤难过。参加了葬礼后，我立刻进宫谒见国王，问道："陛下，为什么要拿活人陪葬呢？"

"这是我们的风俗，夫妻一方死后，由另一方陪葬，是为了让他们永不分离。这是老祖宗遗留下来的习俗。"

"那么，像我这样的异乡人，如果妻子死了，是否也同样要去陪葬？"

"没错，你得入乡随俗。"

跟国王谈完话后，我忧愁不已，有种莫名的恐惧，害怕妻子比我先死，拿我去陪葬。有时我又自我安慰：“或许我会比妻子早死，这种事情，有谁能预测呢？”于是我努力工作，尽量不去想这件事。

可是没过多久，我的妻子忽然患了重病，没几天就撒手人寰了。国王亲自来吊唁，本地人也都来家里慰问我。他们为我的妻子穿戴整齐后，把她放进棺木里，然后抬到肩上向城外走去。来到山上后，人们揭起坑洞上的大石头，把棺木放进洞里，然后就围过来和我话别。我如梦初醒，疯狂地大喊：“我是异乡人，你们不能这么对待我。”

可是他们不管我的哀求，还是抓住我，在我的腰间绑上绳子，把我和一罐水、七个面饼一起放进洞里。

这个大坑洞里堆积着无数尸骸，弥漫着恶臭。此时我又开始埋怨自己：“我为什么要在这里结婚呢？我的命运总是一波未平一波又起，如果要这样冤枉地死去，还不如当初淹死在海里，或者死在山中，总比现在被人活埋好得多。”

我一直呆坐着，感觉不到时间的流逝，也分不出黑夜或白天。后来我索性躺在地上，乞求死神快速降临。不知过了多久，我忽然感到饥渴，于是挣扎着坐起来，拿起面饼和那罐水吃喝起来，并起身走动。我发现这是一个很空旷的大山洞，里面堆满了尸体和枯骨。

我在漆黑的坟墓里过了几天，有限的食物已经吃完，就快要死去的时候，头上的洞口突然发出剧烈的声响，接着一道光线透进洞来。我用手遮住光，向上望去。原来洞口被打开了，一群人站在上面，正要放下一具男尸和一个陪葬的妇女。送葬的人盖上洞口离去后，妇人依旧哭哭啼啼，我捡起一根死人的腿骨，悄悄走到她后面，狠狠地朝她的头顶打下去，把她打死了。我把她拖到她丈夫旁边，然后拿走了她的食物，回到自己原来栖身的地方。

就这样，我在坑洞中住了很久，每当外面有人死亡，我就杀死陪葬的人，夺取他的食物，来维持自己的生命。直到有一天，洞口附近突然传来一阵响动，我害怕地站起身来，心想："这到底是什么声音？"于是我拿着一根死人腿骨，走过去查看。原来是一只野兽，它听到我的脚步声，就仓皇地逃走了。

"这只野兽是从哪里进来的？"我的心头一阵惊喜。于是我跟着追过去，发现远处隐约出现一丝亮光。我迎着那道微弱的光线走过去，心想："也许是洞穴的另一个出口。"于是我鼓起勇气走到光线前面，看清楚原来那是野兽刨开山洞来吃死人的一个洞口。

没有人能理解我当时的喜悦心情。我迅速从洞口钻出去，看见自己站在一座高山上，这座山被海洋隔在城市与海岛之间。我相信自己已经得救了，于是大口呼吸新鲜空气，任凭微风吹拂面颊。过了一会儿，我又返回山洞，捡拾剩余的食物和陪葬者身上名贵的首饰，换上一套死人穿的干净衣服，然后再钻出洞。我几乎每天都进入山洞，搜集那些陪葬的珍贵物品，然后坐在海边，等待过往的船只。

这一天，我忽然发现大海上有一艘船经过。我将一件死人穿的宽大白衣绑在树枝上，高高举起，沿着海岸一边走一边摇动，并大声呼救。船上的人很快就看见我求救的信号，加速向我驶来。

水手们放下小艇，划到我面前："你怎么会到这个从来没有人烟的山上？"

他们带我上大船去见船长。船长问我："你是怎么到这儿来的？我在海上航行了一辈子，经常从这座山下经过，可是除了飞禽走兽，从没见过任何人。"

"我是个商人，不幸中途遇到暴风，船沉没了，我伏在一块船板上，被风浪推到这里来。"当时我怕船上有那个城市的居民，所以关于我在那个城市的经历和被人活埋的遭遇，绝口不提。

我拿出一些财物送给船长，说道："船长，你是我的救命恩人，这点

礼物送给你，略表谢意。”

船长坚持不肯接受，说道：“我从不接受任何人的礼物，凡是碰到落海的人或是困在荒岛的人，我们都会尽力搭救，供他们食物和衣服，还给他们一些钱，让他们可以生活下去。我们这么做，全是因为真主阿拉。”

我深深感谢船长，并真心为他祷告祈福。之后，我跟随他们在海上航行，经过了一个个海岛，越过一座座城市。在旅途中，每当想起被埋在洞里的情形，我就不寒而栗，但一想起遇到船长而得救，便感到无限欣慰。

最后，我终于回到巴格达，再度和家人们团聚。从此，我乐善好施，扶助孤寡穷人，又开始了从前那种享乐的生活。这就是我那奇特的第四次航海旅行。

航海家辛巴达讲完了故事之后，就邀请脚夫辛巴达共进晚餐，然后吩咐仆人拿来一百枚金币送给他，并且说：“如果阿拉允许，明天我再讲第五次航海旅行的故事，那可是更精彩不过的。”

脚夫辛巴达怀着愉快的心情，回到家中，舒舒服服地过了一夜。

次日，脚夫辛巴达准时到来。当大家吃饱喝足之后，航海家辛巴达开始讲述他那第五次航海旅行的经历。

## 第五次航海旅行

我生性爱好旅游冒险，尽管途中遇到许多困难，甚至有几次几乎丧命，但是我仍然不肯罢休。随着日子一天天过去，我仍然渴望到海外旅游、经商，渴望了解各地的风土人情，朋友们频繁的拜访和邀约，丝毫激不起我的精神。就在这种欲望的驱使下，我决定展开我的第五次航海旅行。

远远望见海滨正停着一艘设备齐全的大船，我抑制不住内心的激动，雇了一个船长和一批水手，满载货物，便起锚开航了。

大船扬帆向远方驶去，船上每个人都眉开眼笑，我的内心也感到无限欢畅。一路上，我们经过了无数海岛和城市，生意十分兴隆。

这一天，我们来到一个荒无人烟的大海岛，岛上有一座白色圆顶建筑物。船上每个人都很好奇，争先恐后地要跑上岛去看个究竟。过了一会儿，一个水手跑来对我说："你快去看看，那个白色建筑物好奇怪，没有窗户，也没有台阶，不知道怎么进去。"我走近一看，发现那是个庞大的神鹰蛋，可是这些人不知道，竟拿起石头把蛋砸破，流出许多液汁，里面未成形的雏鹰也被他们扯出来，还当场割下一块鹰肉。

看见他们的举动，我差点晕倒，大声制止："快住手，不可以这样，神鹰会来报复我们的。"

我的话才刚说完，太阳忽然不见了，霎时间天地黑暗。我抬头仰望，只见一只巨大的神鹰，正振动着宽大的翅膀向下扑来。我立即向旅客高喊："赶快上船，大祸临头了。"可是他们不明白我的话，反而嘲笑我。

这时，神鹰见自己的蛋被打破，狂鸣一声，雌鹰也应声赶到，两只神鹰在空中盘旋，发出雷鸣般的嘶叫，旅客被吓得惊慌失措，这才跑上船去。船长和水手们立刻扬帆起航，可是没走多远，两只神鹰已紧追而来，而且各自抓着一块巨石。先是雄鹰飞到我们上方，对准商船砸下巨石。幸好船长紧急转舵，巨石落在船边的海中，但仍然激起狂澜，差点把船打翻。接着，雌鹰也扔下它爪中的巨石，这回正好击中船舵，砸碎了船尾，转眼间船便沉没，所有旅客和货物都掉入海里。

我奋力地挣扎着，蒙阿拉保佑，我抓住一块船板，漂到一个荒岛上。当时我疲惫不堪，只得躺在沙滩上休息，任凭风浪吹打在我身上。过了一会儿，我突然感到一阵寒意，连忙站起身来，往岛上走去。

我发现这是一座美丽的小岛，树林茂密，河水潺潺，百鸟鸣唱，树上果实累累，遍地开满各种鲜花，只是终日不见一个人影。第二天清晨，我走到树林中的一条小溪旁，忽然看见对面有一个老人坐在那儿，穿着树叶做的裤子。

“他也许和我一样，是个落难的旅客。”我一边这样想，一边走近他，向他问候。可是他什么话也不说，只是一个劲地打手势。

我问他：“老先生，您为什么坐在这儿？”

他忧郁地摇摇头，比着手势，要我背他到另一条河边去。尽管我自己疲惫不堪、浑身无力，但这个瘦弱孤独的老人实在很可怜，于是我把他背起来，带他到他要去的地方。到了目的地时，我说：“老先生，您慢慢地下来吧！”

但是，他不但不下来，反而两条腿紧紧地夹住我的脖子。我低头一看，发现他的两只脚粗壮得像水牛一样，我正打算把他从肩上摔下来，可是他夹得太紧了，我连气都喘不过来。我浑身颤抖，眼冒金星，终于昏倒在地。

他在我的背上和肩膀上猛打，我痛得要命，只好挣扎着爬起来。结果他又骑上我的脖子，我只得忍着痛苦，听他使唤。他命令我带他到森林里，摘果子给他吃，只要我动作稍慢些，他就对我拳打脚踢。这个家伙心狠手辣，他把我当俘虏看待，终日骑在我的脖子上，大小便也拉在我身上。我真是悔不当初，那时如果没有可怜他，也不会落到现在这种地步。

我暗自叹道：“我善待他，他却虐待我。从今以后，我再也不做好事了。”我实在不堪虐待，痛苦极了，好几次都想一死了之，免得活受罪。

有一天，我背他到一处生长南瓜的地方，其中有些南瓜已经成熟。我挑了最大的一个，在上面挖个洞，掏掉瓜肉，又摘了些葡萄装在里面，把洞口封上，放在太阳光下晒几天，酿成了葡萄酒。我每天喝几口，暂时忘却那个老头子带给我的苦痛。我每喝一次就醉一次，酒醒后总是精神焕发，觉得心情好多了。

这一天，我又在喝酒解闷，老头子指着酒问道："这是什么？"

"是一种提神的好饮料。"当时我已有几分醉意，背着他在树林中乱走，打着拍子边唱边跳。

他见我兴奋的神情，打手势要我递给他喝。我不敢违抗，只得把南瓜酒瓶递给他。他接过去一口气喝完了剩余的葡萄酒，把南瓜扔在地上，砸得粉碎。不久，他酒劲发作，醉眼蒙眬地摇晃起来，肌肉也逐渐松弛下来，接着身体就倒向一边。我发现他竟然醉了，便使劲地掰开他紧夹在我脖子上的那两条粗腿，狠狠地把他摔在地上。

我怕他醒来后伤害我，立刻捡起一块大石头，朝他的脑袋猛力砸下去，顿时他头骨破裂，一命呜呼。我很紧张，不相信自己已经重获自由。

从此，我自由自在、轻松愉快地在荒岛上生活，没事就在海边徘徊，等候船只经过，希望自己可以回家。

在这无人的孤岛上，我望眼欲穿地等待着。终于有一天，我看见一艘船朝这个岛驶来，旅客们纷纷下船来到岛上。我一看见他们，抑制不住内心的喜悦，立刻迎上前去。他们围住我，询问我的来历，问我是怎么到岛上来的。于是我把自己的经历和遭遇告诉他们，他们听了不胜惊讶地说："骑在你脖子上的那个家伙叫海老人，被他骑过的人，没有一个能活命的。你算是奇迹呀！"

于是他们拿东西给我吃，并邀我同行。我们的船在大海中航行了好几天，最后来到一座名叫猴子城的城市，这里每幢房子的门窗都面临大海。据说每当夜晚来临，城里的人都要离开自己的家，乘船到海上去过夜，怕附近山上成群结队的猴子跑进城伤害他们。

我很好奇，于是进城去看了一下，但是等我回来时，船已经开走了。我一屁股坐在地上，后悔不该进城去玩，想到上次碰到猴子的经过和同伴们的遭遇，我忍不住号啕大哭起来。

这时，一个本地人走到我面前，对我说："先生，你是外地人吗？"

“是的，我乘船到海外做生意，路过这里，进城参观游览，没想到回来后船却开走了。”

“来吧，跟我们一块儿到海上过夜吧，否则夜里猴子会来伤害你的。”

“谢谢！”我爬起来，跟着他走到一条船上，里面已有许多人。

我们把划船到离海岸约一里远的地方，就在那里过夜，第二天清晨再划船靠岸，各自散去。他们天天夜里如此，已经成为习惯，因为城市周围的猴子很多，它们白天偷城外果园中的果子吃，躲在山中睡觉，晚上则成群结队进城来伤害人类。

一天夜里，我又来到船上，同船的一个伙伴对我说：“先生，你是外地人，在城里有工作吗？”

“没有，我原本是个生意人，曾经雇了一艘大船到各地经商，可是中途遇险沉船，我幸运地抓住一块船板，因而得救。”

那个人听了我的话，递给我一个布袋，说：“这个给你，带着它跟其他人出城去捡石头。他们怎么做，你就怎么做，这样或许会有一些收入，也可以帮助你回家去。”

于是他带我到了郊外，那里有许多人在捡石头。他把我介绍给他们：“他是个外地人，你们教教他，让他做点事好维持生活。”

他们欢迎我，对我很友善，带我同行。他们每个人身上都带着一袋石头，来到一个宽阔的山谷。那里长满了高不可攀的大树，树上群居着无数的猴子，它们一见我们到来，就爬上树去躲起来。同伴们拿出袋子里的石头，不断地向猴子扔去，而树上的猴子们也模仿他们的动作，摘下树上的果子向我们扔来。我仔细一看猴子扔下来的果子，原来是椰子。

我学着伙伴们的样子，选了一棵爬满猴子的大树，抓起石头向它们扔去。我不停地扔石头，猴子也摘树上的椰子扔下来。我袋子里的石头还没扔完，地上已经堆满了椰子。我这才停下来，把椰子装进袋子里，和大家高高兴兴地回到城里。

我去找帮助我的那个朋友，把捡回来的椰子全部送给他，并衷心感谢他。他对我说："把这些椰子拿去卖，赚来的钱就留着自己用。"然后他递给我一把钥匙说，"这是我家一个房间的钥匙，卖剩的椰子可以放在里面。以后你就像今天这样，跟他们一块儿出去收集椰子，卖得的钱，留着开支，剩下的就存起来，将来回家时可以作为旅费。"

我感谢他的好意，并按照他的话去做。就这样，我每天拾回一袋满满的椰子，日积月累，我储备了许多椰子，并且卖出去许多，赚了一大笔钱。

有一天，我见一只商船向猴子城驶来，停泊在海岸边。我想我可以回家了，就去找那位朋友，衷心地感谢他的帮忙，然后与他握手告别。与船长洽谈后，我把椰子和其他物品搬到船上，离开猴子城，又开始了航海旅行的生活。

我们的船每到一个地方，我都做起贩卖椰子的生意，赚了不少钱。

有一天，我们路过一个盛产丁香和胡椒的小岛，我趁机拿椰子换了许多胡椒和丁香。接着，我们相继经过出产檀香的古玛尔小岛和一个方圆五百里、盛产檀香的大岛，还经过盛产珍珠的地区。我拿了一些椰子给正在捞珍珠的人，请他帮我捞珍珠。只见他潜入海底，捞起许多闪闪发光的珍珠，他说："先生，你的运气实在太好了！"我抑制不住内心的喜悦，虔诚地感谢阿拉。

最后，我带着用椰子换来的许多珍贵物品回到巴格达，和家人亲友团聚。

航海家辛巴达讲完第五次航海旅行的故事后，说道："感谢阿拉，我才能安全归来，在这里说故事给大家听。现在请大家用餐吧！"

饭后，他照例吩咐侍从拿一百枚金币送给脚夫辛巴达。脚夫带着钱，满心喜悦地回到自己的家。

次日，辛巴达做完晨祷，又来到航海家辛巴达家中，准备听他叙述第六次航海旅行的故事。

## 第六次航海旅行

我第五次航海旅行归来后，过起了平静舒适的生活，忘了旅途中各种艰难困苦的遭遇。直到某一天，家里来了一票从商的朋友，他们的谈话以及愉快的神情，又唤起我旅行做生意的念头。家人和朋友都极力劝阻我，但我丝毫听不进去，决意再做第六次航海旅行。于是我购置了一些商品，带到港口，正好有一艘准备出航的商船。我和船长打过招呼后，就将行李和货物搬上船，随即和旅客们一起出发了。

大船一路顺风航行，经过许多城镇和岛屿。我一路上又做生意，又参观游览，享受外出旅行的快乐。

有一天，船长突然一声狂叫，甩掉头巾，然后伤心地大哭起来。大家被他的举动吓了一大跳，急忙围到他身边，问道："发生了什么事？"

"我们的船走错了航线，现在进入了一个不知名的海域，如果阿拉不救我们，我们就要完蛋了。"

这时飓风呼啸，船舵被海浪打坏了，整艘船失去控制，这时我们才意识到大难临头。大家惊恐万分，悲伤地哭泣、彼此话别，预备葬身大海。不久，大船触礁，发出轰然巨响，接着船身碎裂，旅客和货物全部落入海中。大部分旅客都淹死了，我和几个幸运的伙伴奋力游到岸边，攀缘着爬到山上。

而这座山，其实是个荒岛，上面堆积着许多破船残骸和让人毛骨悚然的尸骨，表示这个地方经常发生海难，这些东西都是沉船后被风浪推到岸上的。

眼前的景象惨不忍睹，我变得有些神志不清，在荒岛上随意乱走。

我偶然发现岛上有一条湍急的河流，河床的附近散布着各种名贵的矿石，数量繁多，而且灿烂夺目，同时岛上还有名贵的沉香和龙涎香。龙涎香像蜡一样，遇热溶解，流到海里，泛出馨香气味，常被鲸鱼吞食；龙涎香在鲸鱼肚子里起了变化，再从鲸鱼口中吐出来，凝结成块，变了性质、颜色和形状，最后漂到岸边。如果识货的人拾到，可以卖很好的价钱。

我们捡拾那些被海水冲上岸和在海中漂浮的粮食，并将粮食储备起来，勉强维持生命。可是同伴们每天都有人死去，每死一个，我们就将他的尸体洗干净，用从海中捞上来的衣服包裹起来，然后埋葬。最后，同伴们都死光了，只剩下我一个人孤独地活在荒岛上。

眼见粮食就快要吃完了，我忍不住伤心哭泣，叹道："同伴们都安息了，而我却还要继续受折磨。如果先死掉的人是我该有多好，至少还有人替我收尸，现在怎么办？只盼伟大的阿拉拯救我了。"

几天后，我完全绝望了，感觉自己快死了，便动手挖了个深坑，自言自语地说："我就先躺在这个坑里等死，让风吹来沙土掩埋我，免得尸体暴露在外，被鸟兽啄食，那就太悲哀了。"

当时我既后悔又懊恼，埋怨自己经过五次教训还不醒悟，现在终于死到临头了，才决心不再航海旅行。我的生活很富裕，并不需要离乡背井，到处奔波冒险，如今落到这种地步，真是愚蠢啊！

难道我就这样等死吗？突然，我想出一个主意："这条河流一定有源头，也一定会流向有人烟的地方。我何不造一只小船，随着湍急的河水而下，若能通行无阻，或许可以得救；即使死在河里，也比坐在这儿等死好多了。"

于是我一跃而起，立刻收集一些沉香木，用破船中找来的绳索捆扎起来，又在上面铺了几块船板，制成了一只木筏，然后找来两块木板当作桨使用。

我没有忘记那些堆积如山的珠宝、玉石和龙涎香。我先将木筏推到河里，然后放上宝物和剩下的食物，随即出发了。木筏顺水漂流，进入一个山洞中，里面一片漆黑，什么也看不见。木筏继续向前行，可是河道越来越窄，最后小船被河岸和岩石紧抵着，进退两难。

我下意识地看看四周，想寻找一条出路，可是一丝光亮也没有。我稍微抬头，脑袋就撞到了山洞顶部。我吓了一大跳，赶紧闭上眼睛，紧紧地把脸贴在船上。此刻，只能听天由命了。木筏继续前进，忽快忽慢地，有时撞在岩石上卡住不动，有时却又畅行无阻。在黑暗中，我无法分辨昼夜，竟不知不觉地进入了梦乡。

当我睁开眼睛时，眼前一片光明，木筏已被人拴在河边的木桩上，四周站着一群人，他们看起来好像是印度人和埃塞俄比亚人。他们见我醒了，很高兴地和我说话，可是我听不懂他们的语言，以为自己还沉睡在梦中。后来有个人用阿拉伯语对我说："你好！"

"你好！"

"你是谁？从山那边到这里根本没有路，你是怎么来到这儿的？"

"你们是谁？这是什么地方？"

"我们是庄稼人，在这儿耕田。看见你睡在这只小船里，便把它拉住拴在岸边，等你醒来。告诉我们吧，这是怎么一回事？"

"我好饿，请先给我一些东西吃，然后再慢慢告诉你们。"

他们马上给了我一些食物。我不顾形象地狼吞虎咽，渐渐恢复了精神。一想到能够平安获救，我由衷地感谢阿拉。我把自己的遭遇详细叙述了一遍，他们听了，说道："我们应该带你进城去见国王，把你的故事说给他听。"于是他们带我进宫谒见国王。

国王亲切地欢迎我，然后问起我的身世和经历。我从头到尾向他讲述了一遍，他非常惊讶并恭喜我脱离险境。我拿一部分珠宝、玉石和龙涎香当作礼物送给国王，他高兴极了，视我为贵宾，并设宴款待我。从此，我就住在王宫里，过着达官显贵的生活。

我的事情传出去后，许多人都进宫来看我，听我讲述我的冒险故事；同时我也从他们那里了解当地的风土人情。

有一天，国王问起我的国家和关于那里的种种，我便向他介绍巴格达以及哈里发的德政，国王听后很赞赏，说道："哈里发是个英明伟大的国王，他受到人民的拥戴是应该的。我打算送给他一份礼物，以表示我对他的景仰与钦佩。当你离开这里时，我希望你能把礼物带回去给他。"

"我一定将陛下的礼物转送给哈里发，并告诉他陛下您的德政。"

我在王宫里住了很长一段时间，有一天，我听说城里有商人要前往巴格达做生意，于是我急忙跑去见国王，表达我思乡心切，希望能与商人一起搭船回家。

国王说："你自己决定吧！跟你在一起我们很快乐，如果你愿意留下来，我们一定是竭诚欢迎的。"

"陛下，您给予我的恩惠与关照，我一辈子都不会忘记。可是我离开家乡已经很久了，十分想念我的家人和朋友，希望陛下准许我回去。"

国王知道我归心似箭，便把我托付给那些商人，并送给我许多珍贵的礼物和旅费，还要我把他预备送给国王哈里发的礼物带走。于是，我告别国王和所有的朋友，随商人们乘船回到巴格达。

下船后我直接进宫，将礼物呈献给哈里发国王，并向他简单地叙述这段经历。然后回到自己家里，和家人朋友团聚。几天后，哈里发国王召我进宫，详细地询问我那份厚礼的来历以及前往那个国家的路线，还有我去那里的原因。

我回答说："我对那个国家所处的位置一无所知，只因当时我们所乘的船遇难，我流落到一个荒岛上，为寻找出路，我造了一只木筏顺水漂到那里……"于是，我把旅途中的遭遇，如何得救，如何在城中生活的情况，以及受托送礼的经过详细说了一遍。

哈里发听了十分惊讶，对我格外赏识，并令史官将我的故事记录下来，载入史册，留给后人阅读。

航海家辛巴达讲完了第六次航海旅行的经过，然后说道：“弟兄们！这是我第六次航海旅行的经过。如果阿拉愿意，明天我再讲第七次航海旅行的故事给你们听，那是最刺激也最惊险的了。”

饭后，亲友们高兴地离去，航海家又给脚夫辛巴达一百枚金币。第二天，脚夫辛巴达按时来到航海家辛巴达的家中，聆听他第七次航海旅行的经历。

## 第七次航海旅行

我第六次航海旅行归来后，赚了很多钱，又过起了先前那种奢侈安逸的生活。可是一段时间后，我开始觉得生活乏味，内心又躁动起来，憧憬着异地风光，向往着航海旅行的生活。于是我再次打定主意，准备了许多昂贵的货物，带到港口。那里正好有艘准备起航的商船，船上已经载满了旅客和货物，我就搭上那艘大船，开始了第七次航海旅行。

天气晴朗，和风习习，我的心情非常愉快。我们的商品广受沿途一带海港和城市居民的喜爱。

有一天，正当我们在船上有说有笑地聊天时，海上突然刮起暴风，海浪顿时涌起，接着下起了滂沱大雨。我们一边抢救货物，一边祈求阿拉保佑。船长连忙脱下衣服爬上桅杆，仔细观察眺望四周。过了一会儿，他滑下桅杆回到船舱，对着我们绝望地说：“不好了，我们的船被大风吹得走错了方向，进入了危险的海域。看样子我们只有诚心祈祷，求阿拉显灵解救我们了！”

说完，他打开行李箱取出一个袋子，掏出一把沙泥，用水打湿后凑到鼻子前闻了闻，深深地吸了一口气。接着，他又从箱子里拿出一本书，打开看了几页后，用颤抖的声音说：“这本书里记载着许多离奇的事情，也提到凡是流落到这个地区来的人，必死无疑，谁都不能幸免，因为这里是圣贤居住的地方。这里有巨大无比的鲸鱼，只要是经过这里的船只和旅客，无一不被吞食掉。”

船长的话刚说完，一个巨浪打来，把船推向空中，接着又把船摔下。突然，海面上传来一声巨响，只见海中出现了一条巨大的鲸鱼，我们惊恐万分，号啕大哭起来。这时，海中又出现两条更大更凶猛的鲸鱼。伙伴们紧紧地抱在一起，闭上双眼，准备葬身鱼腹。

就在危急存亡之际，大船又被一个巨浪掀起，紧接着一声轰响，大船撞上了暗礁。霎时，船板四处飞散，船上所有旅客和货物全都落入海里。

我赶快脱掉上衣，拼命和波涛搏斗，好不容易抓到一块破船板，伏在上面，任其在海上沉浮。我已经精疲力竭，不知不觉地昏了过去，但我仍然伏在船板上，双手紧紧握住它的两端。不知过了多久，我才苏醒。这时天色已近傍晚，我饥渴交迫，不知道自己的归宿在哪里。我又开始埋怨起自己，叹道：“辛巴达呀，你屡次遇难，却不吸取教训，打消航海旅行的念头。你纵然有万贯家财，还是得忍受眼前的苦难，这都是你贪得无厌的结果，你是咎由自取啊！”

我诚心地祈祷，恳求阿拉再次解救我，我自言自语地说：“经历了这次教训，若还能保住这条小命，我一定彻底醒悟，再也不航海旅行了。”我一面不断地祈祷，一面回想起过去那种安逸享乐的生活，内心后悔极了。

我在浪涛中颠簸了两天，最后漂流到一处海岸。我努力向陆地上爬去，仔细一看，原来是一个大荒岛。岛上有许多果树，于是我摘了一些野果充饥，这才慢慢恢复了精神。一个人流落荒岛，虽然寂寞无助，还是得努力寻找出路。突然我发现了一条水流湍急的大河，此时，我不禁回想起前次乘船遇难的经历，心想："是不是应该像上次那样做一只小船，乘着它顺流而下，说不定可以因此得救。"

于是我立刻动手，找来一些木头，然后用细枝和干草搓成绳子，将木头紧紧地绑在一起，制成一只小船。我将小船推入河里，在上面放了一些野果作为干粮，然后坐上船顺水而下。我自言自语地说："如果这次又能顺利脱险，那真的就是阿拉可怜我，冥冥中在帮助我。"

小船连续漂流了三天三夜，野果吃完了，我有气无力，狼狈极了。小船继续顺水而下，后来漂到一座高山前面，要从山洞中穿过。我担心山洞太过狭窄，会发生危险，于是打算跳到岸上。但是水流实在太急了，我还来不及跳下，就被冲进山洞里去了。

感谢阿拉，小船在洞中航行了没多久，我就看见一道亮光，接着便出了山洞。映入眼帘的是一望无际的洼地，河水急速向下倾泻，发出隆隆如雷的响声。小船在急流中婉转地前行，我提心吊胆地紧紧抓着小船两侧不敢动弹，生怕掉落水中。小船越行越快，我根本无法控制，最后我被冲到一座人烟稠密的大城市附近。

岸上的人见我在船上，被急流冲着向下漂，赶忙拿出绳索和渔网，将我救上岸。由于过度饥饿和睡眠不足，我一踏上岸就昏倒在地，幸亏他们的急救，我才慢慢苏醒。

这时，一个慈祥的老人走向我，他对我实在是关怀备至，不但脱下自己的衣服给我穿，还把我带到他的家里，替我准备了丰盛可口的饭菜。在我酒足饭饱之后，老人又为我腾出一间客房，吩咐婢仆好好伺候我。在老人无微不至的照顾下，我的精神逐渐恢复。

有一天，老人对我说："孩子，你安全脱险，又恢复了健康，我真替你感到高兴！你要不要跟我到市场去走一走，卖掉你的货物，或者交换一些别的东西？"

我疑惑地望着老人，心想："我哪儿来的货物？他为什么这样问我？"

“孩子，不要犹豫了，跟我到市场去看看吧！如果有人出的价钱合适，就把货物卖掉；如果不合适，就把货物暂存在我的贮藏室里，等以后有机会再卖。”

我被他的话给弄糊涂了，实在想不起自己有什么货物带在身上，不过我还是决定随老人去看个明白，于是我说：“老伯，一切都听您的。”

到了市场，只见群众围着一堆木材指指点点，原来我乘的那只小船已经被他们拆开，木头被一根一根地摆在地上，原来那些木头都是高级檀香木。商人越聚越多而且争相购买，价格增到一千金币之后就停住了。

老人回头对我说：“孩子，这是目前的行情，这样的价格你愿意脱手吗？还是先存放在我的仓库，等价格上涨后再卖？”

“老伯，就由你决定好了。”

“我多出一百金币，你愿意把这些檀香木卖给我吗？”

“没问题，就卖给你了。”

老人立刻吩咐仆人把檀香木运回家，放在仓库里，然后拿出一袋金币，放在一个钱箱里锁起来，将钥匙连同钱箱交给我。

我继续住在老人家里，他就像父亲一样关心我，一家人都对我很好。这一天，老人对我说：“孩子，我想跟你商量一件事，希望你能答应我。”

“什么事？您尽管说吧！”

“你知道，我只有一个女儿，我打算把她许配给你。以后我的财产和地位全都由你继承。”

我不知该如何回答。长者接着说：“我这么做是为你好啊。你若是答应我，就能像我的亲生儿子一样，而我的财产也全部都留给你。往后不管你是要做生意，还是要回家乡，都由你自己决定。”

“老伯，你就好像我的亲生父亲一样，这件事就由你决定，你要怎么做就怎么做吧！”

老人吩咐仆人请来法官和证人，把女儿嫁给我，并举行了隆重的婚礼。婚后，我们互敬互爱，过着幸福、甜蜜的生活。

后来岳父病逝了，我正式继承他的遗产，商人们还选我担任岳父原来在商界的领导职务，我一跃成为有名望有地位的人，因此我也有机会经常和城里的商人见面交往。

渐渐地，我了解了他们的习性，还发现了一个惊人的秘密，那就是在每个月初，他们的身上都会长出两只翅膀，暂时飞离家乡，城里只剩妇女和孩童。我非常疑惑，而且非常好奇，很想知道其中的秘密。本想向妻子打听一下，可是又想："不如下月初找个人问问，也许他们会愿意带我一起去飞翔，这样一切就都明白了。"

我耐心地等到隔月月初，他们的身体发生变化的日子，我找来一个人，对他说："带我跟你们一起飞上天，然后再带我回来，好不好？"

"不行，这是不可能的。"他断然拒绝。

我苦苦哀求，他才勉强同意。于是，我骑在那人背上，随他们飞到天空，直冲云霄，我仿佛听见天神赞颂阿拉的声音。我陶醉在其中，大声说道："赞美阿拉！感谢阿拉！"

我刚说完，天空便出现一团火焰，差一点烧到我的同伴。他们吓得飞快逃避，转眼落到一座高山顶上。他们全都怪罪我失言，骂我不该在天上吼叫，于是扔下我便一走了之，让我一个人留在荒山上。

我站在山顶上，茫然不知所措，心想这次真的要命丧荒山中了。正当我一筹莫展的时候，眼前突然出现两个美丽可爱的孩子，每人拄着一根金拐杖。我走过去问道："你们是谁？到这里来做什么？"

"我们是阿拉的虔诚信徒。"他们说完，给了我一根金拐杖，随即匆匆走了。

我觉得奇怪，想跟在他们后面一探究竟，可是他们已经消失了踪影。我拄着金拐杖，边走边回想那两个孩子的行为。突然，前面出现一条大蟒蛇，嘴里衔着一个男人。眼看那个男人就要被蟒蛇吞食，他惊声呼喊着求救："谁来救救我吧，阿拉会解除他的一切灾难！"

我应声跑过去，举起手中的金拐杖，朝蟒蛇的头用力打下去，因而救了男人的命。他走到我面前，万分感激地说："你是我的救命恩人，从此我将追随你，终身侍奉你。"

"欢迎你。"我欣慰地答道。

原来他是一个草商，是到这里来寻找上等草的，不幸遇到了大蟒蛇，差点丧命。我也向他讲述了我的遭遇，他感到又惊又奇。他为了报答我的救命之恩，执意要我到他居住的那座城市去。于是我和他同行，走上一条大路。

当我们到达山脚下时，迎面走过来一群人，我仔细打量了一番，发现先前背我遨游天空的那个人也在他们之中。我赶忙走过去，向他道歉，恳求他带我回城，并且委婉地责备说："你这样对待朋友对吗？"

"因为你赞美阿拉，我们才会遭到攻击啊！"他没好气地说。

"请原谅我，我完全不知道你们的规矩，下次我不会再犯了。"

他同意带我回城，但提出一个条件，不许我赞颂阿拉。我满口答应，于是他又把我背到背上，带我回到城里。

回到家后，妻子告诉我："那些人是魔鬼邪神的臣民，他们不信仰阿拉。以后你不要再和他们来往。"

"但是从前你父亲跟他们交往，这是为什么？"

"父亲和他们不同，与他们的所作所为毫无关系。他把我许配给你，就是因为你能保护我，免得日后受那些人欺负。父亲既然已经过世，我们也没有必要住在这里，而且我们与那些人的宗教信仰、风俗习惯也不相同，不如将财产变卖，回到你的家乡去。"

我听从妻子的建议，将岳父留下来的财产陆续卖掉。后来，我听说城中有一群人打算到巴格达经商，但是一直没有船只，于是他们决定自己造一艘大船。听到这个消息，我兴奋极了，拿出大笔钱来赞助他们。经过一番努力，一艘漂亮的商船终于造好了，于是我带着妻子和财货，离开了那个城市。

我们途中经过许多美丽的城市和岛屿，最后终于如愿回到巴格达，和久别的家人亲友重逢。他们屈指一算，我的第七次航海旅行，整整经历了二十七年的时间。在那漫长的岁月中，我下落不明，生死未卜，他们都以为我和那次同行的其他伙伴一样，早就不在人世了。

我归来的消息很快传遍全市，人们纷纷跑来向我祝贺，我一一款待他们，并拿出一部分钱来救济穷人。

我回忆起以前在海外奔波、冒险的生涯，最后都能平安回到家中，和家人共享天伦之乐，这都是阿拉的恩赐，我感激不尽，因此我决心再也不航海旅行了。

航海家辛巴达讲完了第七次航海旅行的故事，转而向脚夫辛巴达说："听完了我的七次航海故事，你还像当初那样看待我吗？"

"先生，是我误解您了，请您原谅。"脚夫辛巴达不好意思地说。

后来，两位辛巴达成为好朋友，他们互信互赖，直到百年。航海家辛巴达慈悲为怀，广施博济，救助穷人，始终慷慨好客，经常设宴招待亲朋好友，和他们一起过着舒适、愉快的幸福生活，而他的航海故事，也成了家喻户晓的传奇。

# 阿拉丁和神灯

## (一)

很久以前，在中国的某个城市里，住着一个叫穆斯塔法的裁缝。穆斯塔法非常贫穷，虽然他每天辛勤地工作，但也只能勉强让一家人糊口。

穆斯塔法有个儿子，叫阿拉丁，他十岁的时候，穆斯塔法希望他可以学习做买卖，不过因为没有钱供他去当学徒，只好把他带到自己的店铺里，教他怎么使用针线。

但是，阿拉丁生性顽劣又贪玩，总是跑出去和那些调皮的孩子们玩耍，没有一天安分地待在店铺里。只要他父亲一出门，阿拉丁就立刻溜出去鬼混，不管怎样鞭打或劝导，都改变不了他这样的行为。他既不听从父亲的话，也不肯学习买卖的本领，就这样一天天浪费光阴。眼见儿子这样不成材，穆斯塔法大失所望，终因忧郁成疾，离开人世。

阿拉丁并没有因为父亲的死而痛改前非，反而更加懒散堕落。母亲看到自己的儿子这样不成器，只好把裁缝铺卖掉，靠纺线纱谋生度日。这样的工作只能勉强养活自己还有那个不务正业的儿子，可是阿拉丁仍旧为所欲为，而且不必担心父亲的责骂，整天在外玩乐，只有吃饭时间才会回家。这个可怜的母亲就这样每天辛勤地工作，一直把儿子拉扯到十五岁。

这一天，阿拉丁和平常一样，跟一群游手好闲的孩子在一起玩耍时，一个修道士来到他们身边，他站在一旁打量这群孩子，后来他把注意力集中在阿拉丁身上。事实上，这个人是非洲摩洛哥的摩尔族人，他是个魔法师，精通魔法，已达到炉火纯青的地步。此外，他也擅长占星术，所以在仔细观察阿拉丁的相貌后，他暗自忖道："他就是我要找的那个孩子。"

于是魔法师把其中一个孩子拉到一旁，向他打听阿拉丁的性格、身世和家庭环境。魔法师打听到他想知道的消息后，走到阿拉丁身旁，把他带离伙伴，问他说："孩子，你是裁缝师穆斯塔法的儿子吧？"

"没错，不过我父亲很久以前就去世了。"

魔法师突然双手抱住阿拉丁，不断亲吻他，而且泪流满面。阿拉丁被这个陌生人的举动吓了一大跳，他诧异地问道："您为什么要哭呀？您认识我父亲吗？"

"孩子呀，"魔法师说，"你父亲是我的哥哥啊，听到他已经死了，我怎么能不伤心落泪呢？我长年住在国外，怀着满腔期望，以为终于可以见到你父亲，没想到才一回来，就听到这样的噩耗！不过，你跟我哥哥长得很像，所以我一眼就认出你是他儿子。我跟你父亲分别时，他还没有结婚呢！我长期在外流浪，一直盼着能与他相见，没想到这个愿望已经永远无法实现了，真是令人悲痛欲绝啊！幸好你父亲生下了你，这至少也可以算得上是安慰了。"

魔法师一边说着，一边从钱袋里拿出十枚金币递给阿拉丁，说道："亲爱的侄子，把这些钱交给你母亲，代我向她问好，并且告诉她，长年在国外的叔父回来了，明天要到家里拜访她。"

阿拉丁亲吻了魔法师的手后，高兴得立刻飞奔回家。阿拉丁进门时，他的母亲很惊讶，因为这是他第一次在未到吃饭的时间就回家了。阿拉丁激动地说："母亲，我有一个好消息。我今天见到那个长年居住在国外的叔父了，他还吩咐我问候你。"

“儿子啊！”她回答说，“你是不是又在愚弄我，不然怎么会跑出一个叔父来呢？”

“妈，你怎么这样说！”阿拉丁大声嚷道，“我刚刚的确遇到一个自称是父亲弟弟的人。真的，他不仅拥抱我、吻我，而且他听到父亲已经去世的消息时，还悲伤地流下眼泪呢。”

“儿子啊！据我所知，你父亲确实有一个弟弟，不过他早就去世了。我没听说过他还有其他兄弟啊？”

第二天一大早，魔法师就外出去寻找阿拉丁。只要见不到这个孩子，他心里就惴惴不安。他见阿拉丁又和那群孩子们在一起，便赶忙走上前去拥抱他、亲吻他，然后递给他两枚金币，说道：“把这些钱拿给你母亲，说我晚上要去家里拜访她，请她准备晚餐。不过，你得先告诉我你家在哪里。”

“跟我来吧，叔叔。”阿拉丁说。他把自己家的住处指给魔法师看。

阿拉丁随即跑回家，把两枚金币递给母亲，并且传达叔叔要到家里来吃晚饭的消息。

阿拉丁的母亲立刻到市场买了各种食物，并向邻居借了些餐具，然后开始精心地烹调。到了晚餐时间，她对阿拉丁说：“你叔叔可能找不到我们家，我看你到马路上去等他好了。”

“好吧。”阿拉丁回答。他正要出去的时候，突然听见敲门声。他急着出去开门，只见魔法师手里提着酒和水果站在门口。魔法师走进屋里，向阿拉丁的母亲问候，激动地流下泪，然后他突然问道：“我哥哥生前经常坐在哪儿？”

阿拉丁的母亲指了指摆在角落的一张椅子，魔法师随即走过去，跪在地上喃喃祈祷，不断亲吻地板，大叫道：“可怜的哥哥啊！我已经失去了你，没来得及见你最后一面，我是多么不幸啊！”

阿拉丁的母亲被他的表现感动了，相信此人真的是丈夫的弟弟。于是她把魔法师从地上扶了起来，安慰他说："人死不能复生啊，你不要难过了。"

她一边安慰魔法师，一边请他坐下。当魔法师恢复了情绪，准备用餐时，说道："嫂子啊！你一定感到很疑惑，为什么从来没见过我，或是听穆斯塔法提起过我。这也难怪，因为我四十年前就离开了家乡。我在印度、波斯、阿拉伯各地旅行，然后在文明古国埃及待了一段时间。最后我离开那里，继续旅行到非洲西部的摩洛哥，并在那里定居下来，一住就是三十年。

"有一天，我独自坐在家里，突然怀念起家乡和我的哥哥，我越来越无法控制自己要返乡与亲人团聚的念头。后来，我下定决心不管有什么样的艰难险阻，我都要回家乡一趟。一路上我历经千辛万苦，吃尽各种苦头，但是上天保佑，我总算平安回来了。一到这里，我就四处打听你们的消息。昨天，我无意间碰到阿拉丁，虽然他跟一群孩子在街上玩耍，我一见到他，就知道他是我侄子。在那一刹那，我身上的疲劳和内心的苦恼全消，但是得知哥哥已经去世的噩耗时，我又顿感悲痛和伤心。我唯一感到欣慰的是，哥哥为家族留下了后代。"

阿拉丁的母亲听到这番话，想起了死去的丈夫，忍不住哭了起来。魔法师看见了，立刻改变话题，于是他转向阿拉丁，问他说："侄子啊，你有没有学习什么技能？现在的工作能养活你自己和母亲吗？"

被他这么一问，阿拉丁羞得低下了头，不知所措。他的母亲说："工作？他整天跟那些孩子混在一起，四处游荡，什么技能也没学会。我从来没见过这么懒惰的小孩。他的父亲悲愤成疾，已经死去，而他却完全没有悔改之意，却还要靠我夜以继日纺纱赚钱来养活他。每天除了吃饭时间，他是不会回家的。说真的，我正打算把门锁起来，不让他进门，让他想办法靠自己的力气养活自己。"

阿拉丁的母亲说完这些话后，魔法师对阿拉丁说："侄子啊，你真不应该这样。你是一个出生于诚实正直人家的孩子，你的年纪也不小了，还让你母亲这样年老体衰的人来养活你，实在应该感到羞愧。你已经长大了，应该自力更生。如果你不喜欢你父亲的缝纫工作，可以选择你认为理想的手艺去发展，我一定全力帮助你。”

然而，阿拉丁还是无动于衷，一句话也不说。魔法师觉得这个孩子只想过浪荡的生活，于是他继续说：“如果你不喜欢学手艺，那么我可以替你开个铺子，为你准备好各种高级昂贵的货物，让你去经营生意，将来成为有名的商人。”

当阿拉丁听到自己可以成为有名望的商人这些话时，心里很高兴，因为他知道商人都穿得好，吃得好。于是他对着魔法师笑了笑，然后点点头表示同意。

“很好，”魔法师说，“既然你希望我替你开设一间铺子，让你将来成为商界中有名誉有地位的人物，那么明天我就带你到市场，先给你买一套像样的衣服，然后再着手准备开设铺子的事。”

阿拉丁的母亲本来还不相信这个人真的是丈夫的弟弟，不过听到他答应为自己的儿子开一间铺子以及各种承诺，心中的疑惑随即消失了。她已完全相信此人确实是丈夫的弟弟，不然，一个陌生人怎么会为自己的儿子做这种好事。于是她劝导儿子改掉坏毛病，规规矩矩做事，证明自己是一个有用的人。她还要阿拉丁把叔父当成亲生父亲来看待，好好听他的话，把以前浪费掉的时光补回来。

这样谈了一阵之后，阿拉丁的母亲起身摆餐桌，端出饭菜，三个人便开始吃晚餐。魔法师跟阿拉丁谈了许多关于做生意的事，阿拉丁听得出神，兴奋得脸上发光，毫无睡意。魔法师见夜已深，便起身告辞，离去前还允诺明天一早会再回来。

次日清晨，魔法师依约来到阿拉丁的家。他没有进屋，而是站在门口等待阿拉丁，然后带着他来到市场中的一家服装店。魔法师要老板拿

出几套适合阿拉丁的漂亮衣服来，然后对阿拉丁说：“你喜欢什么样式的，自己挑选吧。”

阿拉丁为叔父的慷慨感到高兴极了，满心欢喜地挑了一套漂亮的衣服。

魔法师付了钱，然后带着阿拉丁上澡堂去洗澡。阿拉丁换上新衣服，亲吻了叔父的手，衷心向他表示感谢。

离开澡堂，魔法师又带阿拉丁去逛市集。魔法师带着他，一边观看那些热闹的交易场景，一边对他说：“孩子啊，今后你要跟这些人结识往来，向他们学习买卖的本领。要成为一个能干的商人，这是非常重要的。”

接着，魔法师带阿拉丁去参观城中的名胜古迹，过了一会儿，他们走进一家餐馆，享用精致的点心。休息片刻后，他们又参观城里的公园、建筑、寺院，最后，魔法师带阿拉丁来到他的住处，那是一间专为外地商人开设的大旅馆。魔法师邀请各行各业的生意人和他们一起吃晚饭，他告诉大家阿拉丁是他的侄子，希望大家多多关照。

客人们吃饱喝足，尽欢而散。这时天已黑，魔法师才把阿拉丁送回家。

阿拉丁的母亲看到儿子打扮得这样体面，实在是高兴极了。她很感谢魔法师为儿子所做的一切，激动地说：“你实在太好了，我们母子俩真不知道如何感谢才好。”

“这不过是我的一点心意罢了，不值得一提，”魔法师说，“这个孩子就像我的亲生儿子。替哥哥抚养、教育他的孩子，对我来说，是责无旁贷的。你不必为此过意不去。”

“求阿拉保佑你长命百岁！希望这个孩子能在你的庇护下好好过日子。我想他一定会听你的话。”

“阿拉丁是个好孩子，在阿拉的保佑下，我相信他一定会成功的。”魔法师说，“明天是星期五，每一家商店都休息，而那些富商名流经常都会光临城外的公园，因此我打算带阿拉丁到那儿去，与这些人结交朋友，借此增长他的见识。”

说完，魔法师向母子俩道别，回到旅馆休息。

阿拉丁兴奋得一整夜都没合眼。第二天清晨，阿拉丁一听见敲门声，知道叔父来了，就立刻前去开门迎接。魔法师一见阿拉丁，便亲切地拥抱他、亲吻他，说道：“走吧！今天我要带你去一个奇妙的地方，让你大开眼界。”他还说一些好听的话，逗得阿拉丁兴奋不已。

魔法师带着阿拉丁走出城门，绕过几处公园，带着他到处参观游览。每到一座建筑物前，他都会问阿拉丁感觉如何，喜不喜欢，而阿拉丁也一直陶醉在美景之中。不知不觉，他们已经走到城外一处很远的地方，而且也感到有点累了。于是他们走进一个美丽的大花园，那里有一处喷泉，泉水从黄金打造的狮子口流泻出来。他们在喷泉附近坐了下来，魔法师解开腰带，打开盛食物的袋子。

“你应该饿了吧，想吃什么自己拿。”

吃完点心，恢复体力后，魔法师便说：“侄子，你休息得差不多了，我们应继续向前走，直到最终目的地。”

于是阿拉丁站了起来，跟着魔法师穿过了一座又一座花园，也不知走了多远，最后来到一座巍峨的高山脚下。

阿拉丁从来没有离开过城市，也从来没有像今天这样走那么多路，于是他对魔法师说：“叔叔，我们究竟要去哪里啊？我们已经离有花园的地方很远了，再往前走就是荒芜的地方。我已经累得精疲力竭，无法再继续走下去了。如果没有什么可以观赏的，我们就回家去吧。”

“不行，还不能回去。我们今天要做的事，并不是以逛花园为目的，而是一项惊天动地的大事业，任何帝王的事业都不能与它相比。所以你得鼓起勇气，跟我继续走下去，用你的行动来证明你已经长大了。”魔法师一边讲道理安慰他，一边说一些稀奇古怪的故事给他听，借此消除他的疲劳。魔法师利用这种骗术，带着阿拉丁一直往前走到目的地。这就是他跋涉了半个地球到中国来的最终目的。

眼看计划就要实现了，魔法师心里非常高兴。他对阿拉丁说："我们已经到达了目的地，现在你暂时休息一下，待会儿将有妙不可言的事情发生，只有你我二人有幸看到。不过休息过后，你要去捡些干树枝回来，然后你就可以明白其中的奥妙，并完成我们此行的目的。"

阿拉丁稍微休息了一会儿，便站起身来，按着魔法师的吩咐去寻找干树枝，直到听见叔父呼唤他时才回来。魔法师一边把树枝点燃，一边从衣袋中掏出一个小匣子，从里面取出些香料撒在火焰中，对着冒出来的青烟念起咒语来。就在这时，大地突然震动了起来，然后随着一声巨响裂开了。

阿拉丁被眼前的景象吓了一大跳，准备拔腿逃跑。魔法师看见阿拉丁的举动，怒不可遏，因为他一心想要盗取的地下宝藏，除了阿拉丁之外无人能够开启，要是让阿拉丁逃走了，他的计划就会功亏一篑。于是他举起手来，狠狠地打了阿拉丁一巴掌，阿拉丁痛得倒在地上。

阿拉丁忍不住哭泣起来，说道："叔叔，我到底犯了什么错，为什么你要这样处罚我？"

"孩子，我是一心要栽培你，你怎么这么不争气，为什么要反抗我呢？"魔法师装出一副慈祥的样子，继续说，"我是你叔叔，就如同你的父亲，对于父亲吩咐的事，你应该照办才是。"

这时候，裂开的地方逐渐露出一块长形的大石板，中间有一个铜环。魔法师对阿拉丁说："孩子，我要你做的事非常简单，如果你做得到，那么你将会变成比帝王还富裕的人。就是因为这样，我刚刚才会动手打你。现在你仔细听我说，在这个大石板下面，埋藏着一个宝库，里面的宝物是用你的名义储存起来的，是否取出宝物，必须由你来决定。你过来，握着那个铜环，把石板掀起来，因为除了你之外，其他任何人都无法移动它。

你要知道，这个宝库中储藏着丰富的宝藏，就算是帝王们的财富也比不上。”

阿拉丁听了魔法师的这番话，简直又惊又喜，一想到自己很快就要变得比帝王还富裕，早就把刚才挨打的事情忘得一干二净。于是他大声地说：“叔叔，告诉我该怎么做，我一定会遵照你的话去做的。”

“侄子啊，你是我哥哥的儿子，当然就像我的亲生儿子一样。现在除了你之外，我没有其他亲人了，所以你是我的继承人啊。”说完，他走过去亲吻阿拉丁，接着说道，“现在你知道我为什么要这么做了吧？我做的这一切全都是为了你呀。你马上就要成为世界上最富有的人了，所以现在你快过去，抓住那个铜环，把石板掀开。”

“可是，叔叔，那石板太重了，我一个人无法把它提起来。你的力气比较大，你来帮帮我吧！”阿拉丁说。

“不行，如果我帮你，我们的努力都会白费。我刚刚不是告诉过你，除了你之外，任何人都不能碰这个铜环。你只要握住铜环，念着自己和父母亲的名字，就可以立刻把石板提起来。”

阿拉丁照魔法师所说的去做，石板果然很轻易就被掀开。石板盖住的是个洞口，有十二层台阶通往地下。

这时候，魔法师急忙提醒阿拉丁：“阿拉丁，你要记住我现在告诉你的每一句话，照我所说的去做。你小心地沿着这个台阶走下去，底下有四个房间，每个房间都摆着四个金瓮，里面装满了珍珠、宝石、翡翠等贵重物品，你一定要快速走过去，千万不可以用手摸它们，否则会立即变成一块黑石头。在你到达第四个房间时，会发现房内有一道门。你要像掀开石板时那样，念着自己和父母的名字去开启它，然后你会看到一座种满果树的花园。大约五十步远的地方有一间大厅，大厅的天花板上挂着一盏油灯，厅中还有一架三十层梯阶的梯子。你沿着梯子爬上去，取下油灯，倒掉里面的油，然后把它拿来交给我。”

魔法师这样指示过后，从手上拿下一个戒指，套在阿拉丁的手指上，接着说："孩子，这个戒指可以保护你不受任何伤害，但是你要牢牢记住我所嘱咐你的一切。好了，鼓足勇气去吧。你已经长大成人，不再是个小孩子。你很快就要成为世界上最富有的人了。"

阿拉丁进入地洞，快步走下台阶，果然看到摆着金瓮的四个房间。他遵照魔法师的嘱咐，小心翼翼地通过四个房间，一直进入大厅，爬上梯子，取下吊在天花板上的那盏油灯，然后返回花园里。

此时，阿拉丁漫步在花园中，欣赏着园中的美妙景物。他看见树上结满了诱人的宝石果子，个个发出灿烂耀眼的光芒，每颗宝石果子的体积都很大，就是帝王们所拥有的宝石也无法与之相比。

但阿拉丁还是个孩子，对这些珍贵的珠宝玉石除了感到新鲜、稀奇外，并不知道其价值。在他眼里，这些珠宝玉石不过是玻璃一类的制品罢了，他甚至为这些果子不能食用而感到遗憾，但他还是随手摘了一些，准备带回家去玩。

阿拉丁怕受到叔父的责备，不敢逗留太久，于是匆匆离开花园，沿着进来的路跑回去。一到地洞口，他就高声喊道："叔叔，拉我一把，我爬不上来。"

魔法师却回答说："你先把油灯递给我，这样可以减轻你的负担。"

"不，油灯并不重，你先把我拉出去，上去后我马上就交给你。"阿拉丁说。

魔法师唯一的目的就是要取得这个油灯，所以他坚持要阿拉丁立刻把油灯给他。阿拉丁并没有要将油灯占为己有的想法，只是因为衣袋里塞满了宝石，不方便取出。可是魔法师却以为阿拉丁察觉了自己的企图，不愿将神灯交给他，便怒不可遏地咒骂起来，决心报复阿拉丁。

魔法师点燃一堆火，往上面撒了一些香料，然后念起咒语来。只见那块石板慢慢滑动，随即封闭了地道口。

魔法师以为自己能够成为神灯的主人，可是他万万没有料到，竟然在最后关头失败了。因此，在绝望、愤怒之际，他决心置阿拉丁于死地。只要阿拉丁出不了地洞，神灯就不会被带走，这样，他将来就还有机会来实现目的。

于是，魔法师垂头丧气地离开中国，返回非洲了。

## （二）

阿拉丁在地道里大声呼唤魔法师，希望他伸手拉他一把，让他回到地面上，但是不管他怎么声嘶力竭地呼喊，魔法师始终都没有回应。这时候，阿拉丁才逐渐醒悟，慢慢意识到此人不是自己的叔父，而是一个骗子，一个擅长妖术的魔法师。可怜的阿拉丁沮丧极了，他以为自己就要被活埋在地洞里了，忍不住号啕大哭。阿拉丁不得已又走下台阶，希望阿拉帮助他找出一条生路。可是每一道门都紧紧地关闭着，他在黑暗中摸索了一阵，最终还是没有办法。阿拉丁瘫坐在地上，哭得比刚才还要大声。

阿拉丁在黑暗中不知哭了多久，他认为自己就快要死了，于是双手合十祈祷。他无意间摩擦到魔法师为他戴在手上的戒指，瞬间，一个非常高大、长相可怕的怪物出现在他面前，并且说道："我的主人，请问有什么吩咐？我是您的奴隶。戴在您手指上的这个戒指，是我的主人。不管什么命令，我都会服从。"

这个身材魁梧的怪物，形貌酷似传说中所罗门大帝时代的妖魔。阿拉丁被眼前这个景象吓得浑身发抖，一句话也说不出来。当他想起自己手上戴的戒指，又听到这个怪物说他是戒指的奴隶，才逐渐恢复神志。阿拉丁马上勇气十足，高兴地大声说："戒指的奴隶！我要你把我带到地面上去。"

阿拉丁话一说完，大地突然裂开，他发现自己已经在地面上了。由于他在漆黑的地洞中待了整整三天，所以花了很长一段时间，眼睛才能习惯外面的阳光。他张开眼睛望了望四周，发现他与魔法师开启的地洞已经不见，而且周围的地面平坦，一时茫然不知身处何处。后来他看到当初魔法师焚香、念咒语的那个地方，于是他又朝远处张望，可以看到花园环绕的城市和他们走过的道路，他这才放下心，感谢阿拉赐给他幸运，让他死里逃生。阿拉丁怀着喜悦的心情，一口气回到城中，急忙朝家里奔去。

阿拉丁的母亲从儿子离家的那天起，便感到很不安。当她看见阿拉丁归来，高兴得不得了。可是阿拉丁由于过度饥饿和疲劳，突然昏倒在地。她颇为惊慌，急忙拿水洒在他脸上，又从邻居家拿来香料熏他，这才使他慢慢恢复了知觉。阿拉丁苏醒过来后，开口第一句话就是："妈，我好饿，我已经整整三天没吃没喝了。"

他的母亲将家里的食物全部端过来，说道："儿子啊！快吃些东西，好好休息。至于发生了什么事情，等你体力恢复后，再慢慢告诉我吧！"

阿拉丁吃完东西，精神也恢复得差不多后，就开始埋怨起母亲，说她不该把他交给一个魔法师。"你知道吗？"阿拉丁怒不可遏，边说边流泪，"那家伙一开始就打算杀掉我。那个口口声声自称是我叔父的人，竟是一个大恶魔，如果不是阿拉保佑，我早就被他杀害了。他会对我们那么亲切，只是为了利用我们达到他自己的目的。他其实是个骗子、杀人凶手、用妖术害人的魔法师。"

接着，阿拉丁将他如何跟魔法师来到郊外，如何进入宝库，又如何被陷害，以及最终逃出危险的整个经过，全部说给母亲听。他还拿出神灯以及从花园里所摘的宝石给母亲看。不过，他们出身穷苦家庭，从来没看过宝石，所以根本不晓得这些宝物的价值。

阿拉丁的母亲听了儿子的叙述，气愤地说道："天啊，那家伙真是一个利用巫术来害人的恶魔。幸亏老天保佑，你才没被他害死。这个坏蛋，当初我还真把他当成你的叔父了！"

由于阿拉丁已经三天三夜没有合眼，因此打起了瞌睡，他的母亲就让他好好睡一觉，自己也进房休息。

阿拉丁一直睡到第二天将近中午的时候才醒过来。他一睁开眼睛，就向母亲要东西吃。他母亲有些为难地说："儿子啊！家里的食物，昨天全被你吃光了。不过你忍耐一下，等我把纺好的棉纱拿到市场卖掉后，再帮你买些吃的东西回来。"

"妈，棉纱留着下次再卖。把我带回的那盏油灯拿来，让我拿去卖掉，换些食物回来，我相信油灯应该比纱值钱。"阿拉丁说。

阿拉丁的母亲把油灯拿来，见油灯有些脏，便对阿拉丁说："油灯拿来了，不过好脏呀！如果先擦洗干净，应该可以多卖一些钱。"

随后她拿来一把沙土和一桶水，开始清洗油灯。她才擦了一下，一个身材巨大、长相非常可怕的怪物突然出现，以打雷般的声音说道："主人，请问您有什么吩咐？我是您的奴隶，也是这盏灯的奴隶，拥有这盏灯的人就是我的主人。"

阿拉丁的母亲被这个可怕的灯神吓得一句话也说不出来，当场就晕倒在地。不过阿拉丁在地洞中已经看过类似的怪物，所以立刻从母亲手上把油灯拿过来，鼓起勇气说："我肚子饿了，拿一些食物来给我吃。"

灯神听了阿拉丁的吩咐，一瞬间就不见了，但是转眼间，头顶着一个巨大的银托盘回来了。托盘上摆了十二道美味的菜肴、六条白面包、两瓶酒和两只银杯。灯神把这些东西摆在桌上后，就又立刻消失了。

阿拉丁的母亲依然昏迷不醒，于是他一边拿水洒在她脸上，一边用香熏她的鼻子。母亲醒过来后，阿拉丁对她说："母亲，老天爷给我们送来了美味的佳肴，你快起来，我们一起享用吧！"

阿拉丁的母亲看到眼前这些银制的托盘、杯碟和香气腾腾的丰富菜肴，感到非常诧异，问道："是谁这么慷慨，为我们送来这样丰富的食物？真不知该如何感谢他。该不会是皇帝听说我们贫穷，所以怜悯我们的吧？”

“母亲，先别管那么多了。我们都快饿昏了，先坐下来吃东西吧。等吃饱了，我再告诉你是怎么一回事。”阿拉丁说。

于是母子俩坐下来，津津有味地吃起眼前的美味佳肴。阿拉丁的母亲从来没有吃过这样的珍馐美味，因此食量也比平时增加了许多。其实这些美味是给帝王享用的食物，而他们从来没有看过这些精美的器皿，当然不会知道这些东西有多昂贵。阿拉丁母子吃饱喝足了，不过还剩下一些饭菜，足够留作晚饭，还够第二天吃。

阿拉丁的母亲这才想起刚才发生的事，她转向儿子说：“快告诉我刚才发生的一切吧。那个灯神对你说了些什么？他为我们提供美好丰盛的饮食，以后我们再也不用担心饿肚子了。”

于是阿拉丁把他跟神怪打交道的经过，从头到尾叙述了一遍。母亲听了感到十分诧异，说道：“鬼神出现在人类面前的事，我只是听说过，从没有亲身体验过，现在我相信这是事实了。这个神怪是不是把你从地洞中救出来的那个？”

“不是的。”阿拉丁回答，“你看见的这个神怪是神灯的奴仆，而出现在山洞中的那个是戒指的奴仆。他们的长相完全不一样。”

“阿拉丁，听我的劝告，把这盏灯和这个戒指扔掉吧。把这些东西留在身边，只会给我们招来灾祸。我无法忍受再次看到这样的庞然怪物，况且妖魔鬼怪本来就不是什么好东西，跟他们往来是犯禁的行为。”

“母亲，对不起，我不能舍弃神灯和戒指。当我们挨饿的时候，正因为有这盏油灯，我们才能吃到那么美味的佳肴，你不也亲身体会到了吗？再说那个冒牌的叔叔，他派我进入地洞，并不是为了里面的金银财宝，而是要获取这盏神灯，因为他知道这盏灯的价值是无法估计的。他之所以不辞辛劳，长途跋涉来到这里，目的就是为了获取这盏神灯。因此无论如何我都必须留下它，而且不能泄露它的秘密。我们今后是要靠它过生活的，它会给我们带来财富。至于这个戒指，我要随时戴在手指上。如果不是这个戒指，我可能早就死在地洞中了。况且，如果突然发生什么意外或灾难，也许这枚戒指可以解救我。不过我了解你的感受，我会把油灯藏在你看不到的地方，避免类似的事情再次发生，让你受到惊吓。”

阿拉丁说的确实有道理，母亲也就不再坚持己见，于是她对阿拉丁说：“你想怎么做就怎么做吧！不过我不想和怪物有任何关系，也不想再看到那面目狰狞的神怪。”

阿拉丁母子靠灯神拿来的食物度过了两天。食物吃完时，阿拉丁就拿了一个盘子到市集去变卖，但他并不知道盘子是纯金制的。阿拉丁碰到了一个狡猾的犹太人，他把阿拉丁带到没有人的地方，接过盘子仔细估量，最后确定盘子是质地优良的纯金制品。但是他不知阿拉丁是否识货，就直截了当地说：“这个盘子你打算卖多少钱？”

“你应该很清楚它的价值。”阿拉丁回答。

这样的回答，让犹太人有些不知所措，他本来打算只花几个小钱将盘子买下，但一方面又担心阿拉丁真的懂盘子的价值，于是心中暗想：“说不定这个孩子是假装内行，他根本不知道盘子的价值。”就先从钱袋中掏出一枚金币。

阿拉丁一看到他手中的金币，就立刻收下，然后转身匆匆离开。阿拉丁的无知被拆穿了，狡猾的犹太人后悔没有多骗阿拉丁一些，还说早知道付给他一枚铜币就好了。

阿拉丁拿到金币后，走到面包店买了面包，然后急忙回到家中，把面包和剩余的钱交给母亲：“母亲，拿这些钱去买一些东西吧！”

阿拉丁的母亲拿着钱来到集市，买了可以吃上好几天的食物。母子俩就这么一天天过着日子，等食物一吃完，阿拉丁就又拿出一个盘子，用同样的价钱卖给那个犹太人。

当阿拉丁卖掉最后一个金盘子后，所有值钱的东西就只剩那个银托盘了。因为那个银托盘又大又重，他干脆带犹太商人到家中来看货，最后以十枚金币的价钱把它卖给了犹太人，这次阿拉丁也很高兴地收下了金币。

阿拉丁母子利用这十枚金币，又生活了很长一段时间。这十枚金币花光之后，阿拉丁决定再向神灯求助。他把神灯拿出来，擦了一下，灯神便像先前那样迅速出现在他面前。

“请问有什么吩咐，我的主人？”灯神说，“我是您的奴隶，不管什么命令，我都会遵从。”

“我肚子饿了，我要你像上次那样，拿一些食物来给我。”阿拉丁说。

灯神应声隐去，但转瞬间又像上次那样，端来一个大托盘，盘中摆着十二个精致的盘子，盘里盛满各式各样的菜肴，另外还有一些白面包和几瓶好酒。

阿拉丁的母亲为了避免跟灯神撞个正着，就借故出门去办事。当她回到家中，看见大托盘中摆着各式美味佳肴，她吓了一大跳，但同时也感到很高兴。

“母亲，你看！你现在知道这盏灯的好处了吧。因此，我们无论如何都不应该把它丢掉。”阿拉丁说。

阿拉丁和母亲坐在托盘面前，尽情享受这丰盛的饭菜。之后他们同样把剩余的食物保存起来，留待下次食用。

灯神送来的食物吃完了之后，阿拉丁拿了一个盘子塞在衣服里，准备去找那个犹太人，把盘子卖给他。阿拉丁从一家古老的珠宝店门前经过时，正巧被一个正直的珠宝商看见了，他叫住阿拉丁说：“小伙子，我已经好几次见你从这儿经过，去和那个犹太人做买卖。今天你是不是又打算卖给他什么东西？你大概不知道，那个犹太人是一个奸诈的小人，已经有很多人在他那里吃了亏。如果你有什么东西要出售，不妨先拿给我看看，我替你估一下东西值多少钱。如果你愿意，我会按公道价格购买，绝对不

会让你吃亏。”

阿拉丁听了珠宝商的话，便把盘子掏出来。商人接过盘子仔细打量，并在秤上称过重量，这才问道：“你卖给那个犹太人的盘子，跟这个是同一款吗？”

“是的，完全一样。”

“他付给你多少钱？”

“一枚金币。”

“该死的犹太人。”珠宝商骂道。接着他对阿拉丁说，“小伙子，那个犹太人奸诈狡猾，你被他骗了。你手里的这些盘子是纯金的，它最少值七十枚金币。如果你愿意，我可以用这个价格买下它。”

阿拉丁高兴地收下金币，对老板的公道与正直，表示了由衷的敬佩，同时也认清了那个犹太奸商的丑恶嘴脸，不再上他的当。

有了这个神灯，阿拉丁母子的生活较为轻松了，但他们毫不浪费，仍然过着节俭的生活。阿拉丁也改掉了以往懒散的习性，不再与那些游手好闲的人来往，而是选择与正直诚实的人做朋友。他每天到市场去，与生意场中的大小商人接触，努力向他们学习，留心观察他们经营生意的方法。他还经常接近珠宝商，学会了鉴赏名贵珠宝玉器，因此他已清楚地知道那些从花园中摘来的果实，并不是玻璃或水晶，而是名贵稀罕的珠宝。（而且市场上那些珠宝中体积最大的，也无法跟自己最小的相比。因此，他感到自己是比帝王还富裕的有钱人。）

## （三）

这一天，阿拉丁像往常一样在城里活动，忽然听到官员大声宣布：“颁布皇上命令，今日白狄伦·布杜鲁公主将前往澡堂沐浴，特令城中各商店停业，所有居民闭户一天，任何人不得外出，违者将处以死刑。”

阿拉丁听了这个命令，不禁对皇上的女儿感到好奇，因为大家都称赞公主美丽又动人。于是他决定赶到澡堂，躲在入口的后面，一睹公主的芳容。

不久，公主来到澡堂，她一进大门，便取下面纱。此时，阿拉丁看见了一个美丽绝伦的女子，简直像仙女下凡。“公主的美丽确实名不虚传！”阿拉丁暗自称赞，他一下子坠入了爱河。

阿拉丁从见到公主的那一刻起，脑海里总是萦绕着公主的身影，茶不思，饭不想，对一切都没有兴趣。母亲见儿子心事重重，精神恍惚，便关切地问道：“阿拉丁啊！你最近怎么了？是不是生病了，我去请大夫帮你治病？”

阿拉丁这才向母亲说出了实情。他把那天见到公主，并因此而陷入情网的事，一五一十地告诉了母亲，接着说：“我看到公主的第一眼就爱上她了，我要娶她为妻。”

阿拉丁的母亲怎么也没想到儿子会有这种荒谬的念头，认为他的想法太天真了，说道：“儿子啊！我看你已经失去理智了，怎么会有这样的想法？”

“母亲大人，我很清醒，并未丧失理智。老实说，我现在正打算去向皇上求亲。”

“儿子啊！你这样说会被人取笑的，大家一定会说你疯了。你千万别再说这种无聊的话。况且，谁愿意为你去说媒呢？”

“母亲大人，对我来说，还有谁比你去替我向皇上提亲更适合呢？”

“这是不可能的，你快放弃这个念头吧！像我们这样贫穷的人家，怎么敢妄想娶皇上的女儿做儿媳妇呢？假如皇上听见了你的话，会立刻下令把我们处死的。”

“请您相信我，无论付出多大代价，我都不会改变想法。若是不能和心爱的人结婚，我就无法继续生活下去。我再次恳求您，答应我的要

求吧！”

阿拉丁的母亲听到儿子这么说，只好答应。不过她仍然很困惑，说道：“为了你，我愿意去试一试。不过我们这么穷，叫我有什么勇气向皇上求亲呢？有谁愿意将自己女儿下嫁给裁缝的儿子呢？皇上一定会大发雷霆的，我们可能会招来杀身之祸呀！即使我有幸能进宫去见皇上，我也不知该怎么开口。还有，我们能献给皇上什么礼物呢？”

“您还记得吗？当初我从地下花园中带回来的那些东西，都是价值连城的宝物啊。即使是皇上金库里的珠宝，也没有这些珍贵。近来我经常和珠宝商往来，学到一些知识，知道我装在袋中的宝石，都是稀世珍宝。若将这些宝石作为贡礼献上，皇上一定会惊喜万分的。”

于是，阿拉丁精心挑选了许多宝石，将一个大托盘装得满满的。阿拉丁的母亲站在一旁观看，她的眼睛已被那些璀璨的宝石所发出的光芒刺得睁不开了。

“母亲，皇上看到这样名贵的礼物，一定会热情接待您。因此您不要再犹豫了，赶快带着这些宝石去见皇上吧。”

“儿子啊！这些礼物的确非比寻常，但即使献上这样的礼物，要我在皇上面前求他把女儿许配给你，我还是感到难以启齿，而且，万一他提出其他要求，那该怎么办？”

“我相信皇上会被这些宝物吸引住的，他欣赏宝物都来不及，哪会有时间去想别的事情，您的顾虑是多余的。您只要把宝石献上，便可以大胆地替我向他的女儿求亲，别把事情想得太困难。您不要担心，万能的神灯会帮助我们的。”

第二天早上，阿拉丁很早就起来叫醒母亲，催促她到皇宫去。母亲看到儿子执意要娶公主为妻，只能尽力帮他达成愿望。于是她拿了一块布把盛着宝石的托盘包起来，提着朝皇宫走去，但她心里一直感到忐忑不安。

阿拉丁母亲匆匆来到皇宫，见大臣们络绎不绝地进入，聚集在朝廷上奏议国事。阿拉丁母亲静静地站在一旁观望等待，直到早朝完毕，大臣们依序退下。她见皇上没有要接见她的意思，只好无精打采地返回家去。

阿拉丁的母亲放下礼物，把经过叙述一番，然后说："儿子啊！今天求见的人太多，我没有机会跟皇上见面谈话。明天我再去试试吧！"

阿拉丁听母亲这么说，并没有感到失望。虽然他很爱白狄伦·布杜鲁公主，希望尽快和她结婚，可是事情不如想象的那样顺利，因此他不得不抑制感情，耐心等待。

次日清晨，阿拉丁母亲又赶到皇宫，可是朝廷上的情形和前一天一样，她还是没有机会谒见皇上。阿拉丁的母亲颇感失望，闷闷不乐地回家了。但是她没有放弃，每天都进皇宫去，而这样的情形持续了一个月。

有一天，终于轮到她晋见皇上了，但是她突然由于胆怯而犹豫了一下，就在她踌躇不前时，大臣宣告今天接见结束。

这时，皇上在首相的陪同下准备前往后宫，他突然对首相说："我每天都看到一个妇人在人群后面徘徊，手里还提着一包东西，她好像有什么事情要陈奏呀！如果她明天再来，就直接带她来见我吧。"

"是，陛下。"首相回答。

为了让儿子的愿望得以实现，她吃尽了苦头。这天，当她再次等候谒见时，皇上看见了她，便对首相说："这就是那天我对你提过的妇人，去把她带来，我想听听她到底有什么愿望。"

首相立刻把阿拉丁的母亲引到皇上面前。阿拉丁的母亲先向皇上行礼叩头，然后动也不动地跪着聆听皇上的问话。

"我见你每天都来这里，究竟有什么事？"皇上问。

她颤抖地回答说："陛下，在我向您陈述事情之前，要先恳求陛下原谅我的无礼，并允许我独自一个人在御前讲明我的希望和目的。"

皇上答应了她的请求，命左右侍从退下，只留下首相一个人。

于是阿拉丁的母亲如实地将事情说出来：“陛下，我有个儿子，名叫阿拉丁。有一天他在街上，听见宫中的官员传达圣旨，知道白狄伦·布杜鲁公主要前往澡堂沐浴。于是他在好奇心的驱使下，为看公主一眼，便溜进澡堂，躲在大门后面窥探她。我儿子一看见公主，就立刻被她的美貌深深吸引住了。他从见到公主的那天起，就整日闷闷不乐。因为他倾心公主，硬要我前来向陛下求亲，希望可以娶公主为妻。我试着打消他的念头，可是他却对我说，如果不能跟公主结婚，他就活不下去了。所以我才冒昧前来求见，恳求仁慈的陛下体谅我们母子的苦衷，饶恕我们犯的罪过吧。”

皇上听完阿拉丁母亲的叙述，哈哈大笑起来。他打量着阿拉丁的母亲，接着问道：“你手里拿着的那包东西是什么？”

阿拉丁的母亲将包裹宝石的布巾打开，递到皇上面前。皇上看到托盘上的宝石，又惊又喜，大声说：“真是太美了！这样的稀世珍宝，我有生以来第一次见到。”

皇上收下礼物，仔细鉴赏，然后对首相说：“你觉得怎么样？如此稀奇的宝石，你曾见过吗？”

“陛下，您都不曾见过这样名贵的宝物，我怎么会见过呢？”

“照此说来，贡献这些珠宝的人，是有资格做公主的丈夫了？”

首相听了，吓了一大跳，一时不知如何回答，因为皇上曾答应将公主许配给自己的儿子。首相愣了一会儿，悄声说道：“陛下说得很对，我也认为这个礼物具有跟公主相等的价值。不过，我想请求陛下在决定公主的婚事之前，能够先等上三个月。我相信在此之前，我的儿子一定可以筹到更名贵的礼物献给陛下，作为聘礼。”

皇上明知这是不可能的事，无论首相或其他公侯显贵都是办不到的，不过他还是答应了首相的要求。于是，他对阿拉丁的母亲说：“回去告诉你儿子，我答应他的请求，将公主嫁给他，不过他必须在三个月内备妥一份嫁妆。在这之前，我是不会让他们结婚的。总之，三个月之后你再来一趟吧！”

阿拉丁的母亲听到这个出乎意料的答复，连忙叩首致谢，然后带着愉快的心情回家去了。

阿拉丁从母亲那里听到这个好消息，认为自己是全世界最幸福的人，并衷心感谢母亲为他所做的一切。尽管要等三个月，阿拉丁心里依然充满喜悦，于是他耐心等待期限到来的那一天。

转眼两个月过去了，情况突然起了变化。这天傍晚，阿拉丁的母亲上市场去买油，她见家家户户张灯结彩，整个城市装饰得焕然一新，每条大街上都有官吏骑着高头大马来来去去，热闹异常。于是她向油商问道："城里为什么这么热闹？到底要庆祝什么？"

"你是外地来的吗？今天晚上是白狄伦·布杜鲁公主和首相儿子结婚的日子。现在首相的儿子正在澡堂沐浴，那些官吏和士兵奉命为他站岗，等他沐浴完毕，好护送他进宫去和公主举行婚礼。"

油商的话，犹如晴天霹雳。阿拉丁的母亲深知阿拉丁一心想和公主结婚，他耐心地等待，眼看三个月期限就要到了，没想到会出现这样的情况。于是她心急如焚地赶回家里，对阿拉丁说："儿子啊！我要告诉你一个不幸的消息，这会使你感到无比痛苦。"

"什么不幸的消息？快告诉我！"

"皇上食言了，他把公主许配给了首相的儿子，今晚他们就要举行结婚典礼了。"

"您说什么？您是从哪儿听来的消息？"阿拉丁惊讶地问道。

阿拉丁的母亲把她刚才所听到及看到的一切告诉了阿拉丁。

阿拉丁听了非常失望，不过他很快就振作起精神。他想起了神灯，他相信那盏灯一定可以帮他解决困难。"母亲，即使是首相的儿子，今晚也不能如愿地跟公主结婚。我们暂时不谈这件事。现在您快去做饭，等吃过饭，我将在卧室里休息一会儿。请您放心好了，这件事会有美满结果的。”

阿拉丁吃过饭后进了卧室，把门关起来，然后取出神灯，用手一擦，灯神便出现在他面前，应声说：“主人，请问有什么吩咐？我立刻去处理。”

“你仔细听着，我曾向皇上求亲，要娶他的女儿，而皇上也答应三个月后为我和公主举行婚礼。但没想到皇上不守信用，竟把公主许配给了首相的儿子，并于今晚举行婚礼。因此，我要你今晚前往宫中，等新娘新郎进入洞房就寝的时候，把他们两人带到我这儿来。”

阿拉丁话一说完，灯神就消失了。他走出卧室，若无其事地跟母亲聊起天来。过了一会儿，他估计灯神差不多该回来了，便起身进入房内。又过了一会儿，灯神果然将一对新人连同他们的床一起搬到这里来了。阿拉丁满心欢喜，接着又吩咐灯神：“把那个该死的家伙关进厕所里，让他在那里过夜。”

灯神随即把首相的儿子弄到厕所里，并且向他喷出一股冷气，冻得他直打哆嗦。然后灯神回到阿拉丁面前，问道：“还有别的事要做吗？”

“明天早上你再到这里把他们送回宫中去。”

“遵命。”灯神应诺，悄然隐退。

阿拉丁站起身来，眼见事情如此顺利，心里高兴极了。阿拉丁虽然热爱公主，但当他看见美丽的公主就躺在自己的床上时，丝毫没有冒犯她的意图。

“美丽的公主啊！”阿拉丁毕恭毕敬地说，“请不要害怕，我不会伤害你。我本来也不想这么做的，只不过令尊答应把你嫁给我，却又让你跟首相的儿子结婚，所以我不得不破坏你们的婚礼。你不要担心，静静地休息吧。”

白狄伦·布杜鲁公主受到如此惊吓，全身颤抖，一句话也说不出来。

第二天早上，阿拉丁一醒来，就看到灯神依昨夜的指示来了。他对灯神说："去把那个首相的儿子带来这里，然后连同公主一起送回皇宫去。"

转瞬间，灯神就把这两个人送回宫中的房间里去了。公主和首相的儿子并没有看到灯神，也不知道自己怎么突然又回到宫中，但是两人都受到了极度惊吓。

过了一会儿，皇上前来看望公主，并向女儿道喜。首相的儿子知道皇上来了，他想下床迎接皇上，但由于昨夜在厕所冻得太厉害，现在手脚都麻木了。

皇上来到公主面前，亲吻她的额头，向她问好。但公主用愤怒的眼光瞪着他，默不作答。皇上一再重复问话，而公主始终闷不吭声。皇上只好走出房间，把他和公主之间发生的不愉快告诉了皇后。

于是皇后匆匆来到公主的房间，可是公主仍然默不作声。皇后心想一定发生了什么事，不然公主不会这个样子。于是她关切地问道："女儿啊，你到底怎么了？你一句话也不说，我想一定是发生了什么事吧？快告诉我吧。"

公主抬起头望着皇后，终于开口说："母后，请您原谅我。您来看我，我应该恭恭敬敬地迎接您，不过当母亲听我讲明昨夜所发生的事，便会理解女儿此刻的心情。昨晚我与夫君正准备就寝时，房里突然出现了一个来路不明的家伙，他把我们连人带床一起举了起来，然后丢在一处黑暗的地方。"接着，公主把后来的遭遇从头到尾叙述了一遍。最后她说："直到今天早晨，那个家伙才又把我们送回来。当父王清晨驾临，并向我道安时，我还没有从昨晚的惊吓和恐怖中恢复过来，因此无法回答父王的问候。父王一定对我刚才的行为感到很生气，希望母后把我的境遇转告父王，他应该会体谅我的。"

皇后听了女儿的叙述，感到很震惊，她安慰公主说："女儿啊，你要镇静。昨晚发生的事，你千万不能让其他人知道，否则人们会认为皇上的女儿发疯了。你没让父王知道这件事，这是对的。”

“母后，我刚刚说的都是事实，我并没有发疯。您如果不相信，可以问我的夫君。”公主回答。

“你快起来，把昨晚的噩梦忘掉。”皇后说，“换上衣服，然后到外面看看热闹的庆典，欣赏那美妙的音乐和歌舞。全城的人民正在准备丰盛的筵席，热烈庆祝你的婚礼，为你祝福呢！”

皇后立刻召唤公主的侍女，替公主梳妆打扮，准备去参加婚宴。然后她来到皇上面前，说明公主因在新婚之夜受到梦魇的折磨，今天早上才会那样失敬，然后请求皇上原谅公主。

皇后为了确认公主所说的属实，她暗地里召见了首相的儿子。首相的儿子担心会失去公主，因此假装什么都不知道：“皇后，根本没有发生那样的事。”

皇后听了首相之子的回答，便认为公主只是做了一个噩梦，所以就不再担心。庆祝宴会整整热闹了一天，到处充满喜悦的气氛。皇后和首相的儿子想尽各种办法要消除公主的烦恼，使她快乐起来，然而公主依旧愁眉不展，只是默然坐着，始终被昨夜发生的事所困扰。

首相的儿子昨晚整夜被关在厕所里受冻，他所吃的苦头也不少，但他压抑着内心的恐惧，装出若无其事的样子。他不敢说出实情，因为他担心这么做会失去公主，而且无法取得显赫的地位，无法享受至高无上的荣誉。

欢乐的气氛从皇宫一直延伸到城里的每个角落，当阿拉丁听见人们祝福首相的儿子，羡慕他成为皇上的女婿时，他却暗自发笑。当天夜里，阿拉丁再次召唤灯神，吩咐灯神像昨天那样，趁首相的儿子进入公主的房间时，把他们两人一起带到家里来。

过了一会儿，灯神就把首相的儿子和公主带来了，并像昨晚那样，把首相的儿子带到厕所中关起来。次日清晨，灯神遵从命令，再把他们送回宫中。

另一方面，皇上非常担心女儿，一早醒来就到公主的房间里去，看她是否恢复了正常。皇上挨到床前，拥抱公主，亲切地吻她的额角，询问她的情况。可是公主依然愁眉苦脸，不发一语，露出可怜又恐惧的神情。

面对此情此景，皇上抑制不住心中的怒火，终于气急败坏地抽出腰刀，厉声说道："到底发生什么事了？快告诉我，否则我就砍下你的头！"

公主看到皇上如此愤怒，这才含着泪开口说："亲爱的父王，请您不要生气，如果您听了我的故事，一定会同情我的遭遇，一定会原谅我的。"

于是公主把前两个夜晚所碰到的事情，从头到尾细说了一遍。最后她说："如果您不相信我说的话，可以去问我的丈夫，他会把一切情况都告诉您的。至于他被带到什么地方，遭遇到什么事，我就不清楚了。"

皇上听了，难过地流下眼泪，吻着公主说："女儿啊！为什么你昨天不肯告诉我呢？如果你早一点说，我就可以保护你，你也不会再次受到惊吓。不过，我不会让你再遇到那样可怕的事情了，你现在起来，把这些令你发愁的事都忘掉吧。今晚，我会派人站岗保护你，不让灾祸再降临到你身上。"

随后，皇上回到自己的宫殿，立刻召来首相，迫不及待地问道："令郎应该已经告诉你他和公主所遇到的意外事件了吧？你对这件事有什么看法？"

首相回答说："陛下，我已经两天没见到我儿子了！"

皇上只得把刚才从公主那里听来的事情，从头叙述一遍，然后又说："公主遭受了很大的惊吓，我相信她说的是事实。不过为了进一步确认，你马上去问你儿子，了解一下这件事的实际情况。"

首相立即告辞，派人把儿子找来，问他公主所说的到底是真是假。

在首相的追问下，他的儿子不敢再隐瞒实情，只得老实地说："父亲，公主所说的都是事实。我们的新婚之夜，都被那意外的灾难破坏了。我自己的遭遇尤其惨痛，不但不能和新娘同床，还被关进黑暗、发臭的厕所，整夜担心害怕，而且冻得要命。”

首相的儿子简短地说明整个事情的经过，最后他说：“老实说，能娶公主为妻，作为皇上的女婿，这的确是我的荣耀，而且我也深爱着公主。不过，现在我已精疲力竭，如果还要经历像前两天晚上那样的折磨，我宁可去死。父亲，恳请您去见皇上，求他解除我和公主的婚约吧！”

首相原本以为儿子能够成为皇上的女婿，获得至高无上的荣誉和地位，现在听到儿子这么说，他深感遗憾。

首相虽然不希望儿子这么轻易放弃，但还是立刻前往皇宫，据实向皇上报告，公主所说的都是事实。

“既然如此，就应该马上解决问题，不可再拖延下去。”皇上对首相说，并立刻宣布解除婚约，下令取消各项庆祝活动。

事情来得这样突然，人们都大感吃惊，大街小巷也充斥着各种流言和猜测。当然其中的真实情况，只有阿拉丁一个人知道。

皇上虽然解除了公主和首相之子的婚约，但他把对阿拉丁母亲许下的诺言也忘得一干二净了，当然首相也不记得这件事了。因此，他们根本想不到婚礼会取消，是因为阿拉丁从中破坏。

## （四）

不过阿拉丁还是耐心地等待三个月的期限结束，然后正式去向白狄伦•布杜鲁公主提亲。到了这一天，阿拉丁一早便催促母亲进宫，去恳求皇上履行诺言。

皇上一见阿拉丁的母亲站在厅外，便想起给她许过的诺言，随即对身边的首相说：“爱卿，她是曾经进献珍宝的那个老妇人，我曾对她许下诺言，三个月后安排公主和她儿子的婚事。现在限期已满，我看还是先把她带进来再说吧。”

首相随即带阿拉丁的母亲进接待厅，谒见皇上。阿拉丁的母亲先跪地向皇上请安问好，然后请愿说：“禀告皇上，您规定的三个月已经到期，现在是让我儿子阿拉丁和公主结婚的时候了。”

皇上对这个要求感到很为难，因为阿拉丁的母亲看起来既穷酸又卑微，然而上次她带来的那份礼物，却非常名贵。于是他小声地询问首相的意见：“你有什么办法应付呢？我的确答应她的儿子跟公主结婚，不过，要我的女儿嫁给这样穷苦贫贱的人家，那怎么可以？”

首相因儿子的婚姻受挫而苦恼万分，因此他心里暗自想道：“我的儿子都丧失了驸马的地位，又怎能让你这种身份卑贱的人如愿呢？”于是他悄悄地向皇上说：“陛下，要摆脱像她儿子这种穷酸的人并不困难。陛下本来就不该考虑把高贵的公主许配给他，更何况他是一个从未见过面的陌生人。”

“不过现在怎么办呢？”皇上又问，“身为一国之君，我不能违背诺言啊！”

“陛下，”首相回答说，“我有一个简单的方法，可以让对方主动放弃这个妄想。您只需在索取聘礼方面提高条件，让对方再怎么有钱也无法达成，便可在不违背诺言的条件下拒绝这门亲事。”

皇上赞成首相的意见，于是对阿拉丁的母亲说：“去告诉你儿子吧，我会履行承诺的，不过他必须送来跟公主结婚相称的昂贵聘礼：四十个纯金的大托盘上，要盛满像上次献给我的那种珍贵宝石，由四十名白皮肤的婢女和四十名黑皮肤的奴隶端着送进宫来。如果你儿子能做到这一点，我马上就把女儿嫁给他。”

阿拉丁的母亲失望地离开皇宫。在回家途中，她不停地摇头叹息：“我可怜的孩子，到哪儿去弄这样的盘子和宝石呢？难道要他再到那个地下花园去摘取吗，这是不可能的。而且，我们要去哪里找来那些婢女和奴隶？”

回到家里，她见阿拉丁正在焦急等待，便说：“儿子啊！我看你还是放弃跟公主结婚的念头吧，像我们这样的人是无法满足皇上提出来的那些苛刻条件的。”

“到底发生了什么事？”阿拉丁急忙问他母亲。

“皇上虽然亲切地接见了我，可是那个讨厌的首相，当我要求皇上履行诺言时，首相便悄悄地向皇上耳语。他们嘀咕一阵之后，皇上就提出了严苛的结婚条件。”于是她把皇上提出来的条件重述一遍，然后说，“皇上等着你赶快答复他，可是我们没有办法答复他呀！”

阿拉丁回答说：“这些条件算不了什么，我会有办法应付的，请您放心。皇上之所以提出如此苛刻的条件，是为了让我知难而退，以便拒绝我和公主的婚事。我看这份聘礼并不算大，比我想象的还要少。好了，您不必担忧，您只要去帮我准备一些吃的东西就行了。”

阿拉丁趁母亲上街买东西的时候，赶快回到房间，取出神灯一擦，灯神便出现在他的面前，说道：“请问有什么吩咐，我的主人？”

“皇上答应让我跟公主结婚了，不过要依照他的要求准备如下聘礼：四十个纯金的托盘，盘中要装满像上次所送的那种宝石，在四十名白皮肤的婢女和四十名黑皮肤的奴隶护卫下，一起送进宫去。我要你立刻去备妥这一切。”

“是的，主人。”灯神立刻去执行命令。大约一个小时后，灯神再次出现，便将所有需要的东西都备齐了。

阿拉丁的母亲从市场回来，看见黑人奴隶和白皮肤婢女以及那无数的宝石，大吃一惊。阿拉丁趁母亲还没解下面纱，便说：“母亲，趁皇上还没退朝，赶快把这些礼物及婢仆送进宫去，让他知道，凡是他所要求的，我都能办到。”

阿拉丁一说完，便打开大门，让母亲带领着送礼的队伍浩浩荡荡向皇宫进发。他们经过闹市区时，路上的行人都吃惊地停下脚步，大街小巷挤满了人潮，想要观看这支华丽的队伍。尤其惹人注目的，是那些装在金盘中，虽覆盖着绣花绸巾，仍映出耀眼光芒的珍贵宝石。

当送礼的队伍抵达宫殿门口时，守卫以为是某个王子的队伍，就列队欢迎，连忙跑去通报皇上。

阿拉丁的母亲率领婢仆们，随护卫官来到接待厅，在皇上面前跪地叩拜。婢女们把顶在头上盛满宝石的金盘拿下来，依序摆在皇上面前，并揭开覆在盘上的绸巾，然后退到一旁。

皇上看着这些容貌俊美、衣着华丽的婢仆，以及金盘中闪闪发亮的宝石，整个人呆住了，一句话也说不出来。过了一会儿，他才清醒过来，意识到在这么短暂的时间内，求婚者居然能够收集这样多的宝物，实在是非同一般。

阿拉丁的母亲毕恭毕敬地对皇上说："陛下，我儿子呈献的这份薄礼和公主那尊贵的身份比起来，可能有些不相称。不过，还是请陛下暂且收下这微薄的心意吧！"

皇上听了这一番话，转身对首相说："你怎样看待这件事？能在如此短的时间内筹到这样惊人的礼物，我想这个人是有资格跟我女儿结婚的。"

首相看到皇上显然很满意这份聘礼，不由得妒火中烧。他继续破坏阿拉丁和公主的婚姻，对皇上说："陛下，我觉得这不太适宜。就算全宇宙的珍宝都收集起来，也不能买公主的一片指甲啊。可是陛下却过于重视聘礼而轻视公主本身了。"

皇上认为首相是出于嫉妒，才会这么说，因此并不加以理睬。他对阿拉丁的母亲说："回去告诉你儿子吧，我收下聘礼，同意选他为我的女婿。叫他立刻进宫来，今晚就让他和公主举行婚礼。"

阿拉丁的母亲万分高兴，步履如飞地赶回家，迫不及待要把这个好消息告诉儿子。她想到儿子就要成为皇上的女婿，心里快乐得难以形容。

阿拉丁的母亲离开皇宫后，皇上立刻前往公主的闺房，并吩咐奴婢们将聘礼拿给公主过目。

公主看了聘礼，感到非常震惊，她说："这些珍宝真是人间罕有啊！"她环顾身边这些形貌美丽的婢女们，知道这些婢女和一盘盘珍宝，都是那位未来的丈夫所送的，心里感到格外高兴。虽然前一阵子她和宰相的儿子婚姻遭到挫折，并为此而悲伤、苦恼，但此时她已完全从痛苦中摆脱出来，终于开怀地笑了。

另一方面，阿拉丁看到母亲眉开眼笑地奔回家来，立刻就知道是好消息，便大声说："谢天谢地！母亲啊，看您这么高兴，一定有好消息吧？"

"阿拉丁啊，"母亲说，"你的愿望终于可以实现了。皇上已经收下我送去的聘礼，他答应将公主嫁给你，今天晚上你们就要举行婚礼了。你现在立刻进宫，皇上等着你去商量婚礼的事宜。"

阿拉丁听了这个消息，高兴极了，亲切地吻着母亲的手，感谢母亲的帮忙。过了一会儿，他走进房间，取出神灯一擦，灯神立刻出现在他面前。他吩咐道："你立刻带我到澡堂去，同时为我准备一套古今帝王都没见过的华丽衣服。"

灯神随即将阿拉丁带到一座富丽堂皇的澡堂里。澡堂是用花岗石和红玉石砌成的，大厅的墙壁上镶嵌着各种名贵的宝石。澡堂空无一人，但是当阿拉丁到来时，立刻有一个仆人前来伺候他，替他擦背、冲洗。

阿拉丁沐浴完毕后，来到一间大房间，只见那里放着一套昂贵华丽的衣服和一些供他享用的食物。待他吃喝、休息之后，一队肤色黝黑的仆人前来替他穿衣整冠，把他打扮得十分英俊。

阿拉丁穿戴齐全后，灯神又把他送回家，然后说道："主人，您还有什么吩咐？"

“是的，我要四十八名仆人来做我的卫队，其中一半作为前卫，一半作为后卫，他们的服装、配备和马匹必须是最高级精良的，同时为我选一匹适合帝王身份的人骑用的骏马，马鞍上要嵌满珠宝。还有，我要四万八千枚金币，让每个侍从各携带一千枚。另外，你再带十二个陪伴及服侍我母亲的女仆来，当然她们必须容貌美丽，衣着打扮也要考究。”

灯神听完命令，就立刻消失，但随即就带来阿拉丁要求的一切。阿拉丁立刻把十二名女仆送给母亲，并要她换上礼服，由女仆伴随她进宫。于是阿拉丁跨上坐骑，队伍浩浩荡荡地向皇宫前进。

随着队伍的前进，大街上很快就挤满看热闹的人潮，每一个人都发出赞叹声。侍卫们依阿拉丁的吩咐，把金币撒向人群，此时更引起一阵骚动。人们都对阿拉丁的慷慨表示佩服，他们虽然知道阿拉丁出自贫穷人家，是裁缝的儿子，但是没有人嫉妒他，相反都说这是上天的安排，是他应得的幸福，并为他祈祷，献上祝福。

这都要归功于那盏油灯，拥有这盏油灯的人，他的身份和地位会逐渐提升。

阿拉丁在卫队的护卫下，来到皇宫门前，正准备下马进宫，在此迎候的大臣急忙上前阻止，请他将马骑进宫。

此时，皇宫门前文武百官已遵循皇上的命令，按身份地位的高低，列队欢迎阿拉丁到来。他们一见到阿拉丁，便伸手扶他下马，随后将他带到宝座前。

皇上一看到阿拉丁，立刻从宝座上起身，走下台阶，急忙拉住要跪下磕头的阿拉丁，而且紧紧地拥抱他，吻他。皇上随后安排阿拉丁在他的右边坐下。

阿拉丁向皇上问候，然后说：“陛下，承蒙您的慷慨赏赐，使身份卑微的我，能如愿与公主结婚。我的感激之情是不能用语言表达的。在此，衷心祝愿陛下万寿无疆，国泰民安。”

看到阿拉丁那身奢华的打扮，皇上大吃一惊，他同时也对阿拉丁英俊的容貌以及随身威武的卫队赞叹不已。同样，当阿拉丁的母亲穿戴着极其华丽的衣裙，打扮得像皇后一样，在十二名天仙般美丽的婢女簇拥下，到宫中参加婚礼时，也引来了阵阵赞叹声。阿拉丁机智的反应以及高雅的举止，给皇上留下了很深刻的印象。因此，不仅皇上本人，就是在场的文武朝臣也都打从心底对他表示钦佩。当然，这其中只有首相例外，他嫉妒阿拉丁，内心燃烧着愤恨的火焰。

皇上脸上堆满笑容，亲切地拉着阿拉丁的手，在欢乐的乐曲声中步入宴会厅。此时大厅内已摆好丰盛的筵席。皇上让阿拉丁在自己右边坐下，其余文武百官也按官阶大小、地位高低依序入席。在热闹的乐声中，隆重的婚宴大典开始了。

席间，皇上和阿拉丁一直亲切地交谈着。阿拉丁谦恭有礼，言谈举止完全像一个从小就生活在宫廷中的公子王孙。在皇上及朝臣的眼中，阿拉丁作为驸马是当之无愧的。宴会之后，皇上随即召来法官和证婚人，为阿拉丁和公主拟结婚证书。

此时，阿拉丁突然起身朝外走去。皇上见此行动，颇感奇怪，立即制止，说道："婚礼马上就要举行了，你要去哪里？"

"陛下，有件事情我必须现在立刻去做，那就是在宫殿附近为我心爱的公主盖一幢适合她尊贵身份的宫殿，以此来表示我对她深深的爱意。不过，请陛下放心，我会尽最大努力，在最短期限内完成这座宫殿。"

"这附近空地多的是，你就自己挑选吧。"皇上说，"不过我看皇宫前面那片广阔平坦的空地，就很理想。"

"这正合我的心愿。能在皇宫附近替公主修建宫室是最好不过的了。"

阿拉丁说完，便辞别皇上，骑上坐骑，带领卫队离开皇宫。

阿拉丁一回到家中，就立刻进入卧室。他取出神灯一擦，灯神随即就出现在他的面前，问道："我的主人，需要什么，请吩咐吧！"

“我有一项重要任务要交代你去处理。”阿拉丁说，“我要你以最快的速度，在皇宫前那块空地上盖一幢美丽宏伟的宫殿，里面的陈设和物品要应有尽有，并且全是名贵的御用之物。”

灯神接受命令后立刻消失。

第二天，天还没亮，灯神就出现在阿拉丁面前，说道：“主人，宫殿已经按照您的要求修建好了，请您跟我去检查一下，看看是否合您的意？”

于是灯神驮着阿拉丁，转眼便来到新盖好的宫殿。阿拉丁非常满意，他发现这座宫殿比他要求的还要奢华壮观。整幢建筑都是用名贵的花岗石、云石、碧玉、琉璃等材料建成的。

他们先来到贮藏室，见里面有堆积如山的金银珠宝、绫罗绸缎，数量之多，质量之好，无法估计。在一间间布置得美轮美奂的卧室内，摆放着堂皇的卧具、富丽的陈设和罕见的装饰品。他们步入餐厅，见摆放在那里的餐具又是金制，又是银制的，闪闪发亮。最后他们来到马厩，那里饲养着一匹匹骏马，远非一般帝王拥有的马匹可以比拟。除此之外，在宫殿中还有大批供使唤的侍者、奴仆以及婢女。

令人叹为观止的是顶楼那个有二十四扇格子窗的大厅（望景亭台）。每扇窗子上都嵌有各种名贵的宝石，而且构思新颖、做工考究，是凡人所无法想象的。但这窗子中有一扇故意没有完工，这是阿拉丁想借机考验一下皇上的能力而留下的。

阿拉丁看完整幢宫殿后，心情愉快极了，他忽然转过身，对跟在后面的灯神说：“对了，我还忘了一件事。”

“什么事？请主人吩咐吧。”

“为了使白狄伦·布杜鲁公主从皇宫走到这儿来时，脚不接触地面，我需要一张纯金丝编的地毯，并把它从这里一直铺到皇宫。”

灯神领命而去，转眼间就回到阿拉丁面前，说道：“事情已办妥了。”

于是，阿拉丁随灯神一起走出宫殿。他仔细看了看铺在两宫之间那令人惊叹的地毯，才心满意足地离开那里，在灯神的护送下回到家里。

第二天清晨，皇上醒来后，便起身推开窗子。他一眼便望见皇宫对面那幢金碧辉煌的宫殿。他以为自己在梦中，于是揉一揉眼睛，再次仔细观看。最后，他确信那的确是一幢非常富丽堂皇的大建筑物。而当他看到铺在两座宫殿之间的华丽地毯时，惊讶得目瞪口呆。

这时候，首相进宫谒见皇上，对眼前看到的这一切，他惊诧万分。君臣二人立刻便以这个不可思议的奇迹为话题，议论起来，他们都认为即使是最有钱的大富翁和最有权势的帝王，也无法盖出这样的建筑。最后，皇上对首相说："你现在应该改变看法了吧。当初，我说阿拉丁有资格做白狄伦•布杜鲁公主的丈夫，你还不以为然。"

首相对阿拉丁的愤恨和嫉妒始终没有改变，因此他回答皇上说："陛下，暂且不管阿拉丁有多么富裕，能在一夜之间把这么巍峨富丽的宫殿建成，我看他一定是施了什么魔法。"

"你不断诽谤阿拉丁，这让我感到很惊讶，我看这是你的嫉妒心在作祟。从阿拉丁打算为公主建造一幢宫殿而向我要一块地起，到他实现诺言的整个过程你都是知道的，怎么还要怀疑一个能把帝王所没有的名贵珍宝作为聘礼的人，不能建造这样一幢宫殿呢？"

皇上的一番言论，使首相明白他很喜爱阿拉丁，这就更激起了首相的嫉妒和怨恨。但他没有别的办法，也不敢明目张胆与阿拉丁对抗，所以只好不再吭声。

今天是阿拉丁和公主结婚的日子，皇宫上上下下都在准备庆祝婚礼。阿拉丁一大早就起床，他取来神灯一擦，灯神便出现在他面前，说道："我的主人，请问有什么吩咐？"

"我马上要到皇宫去举行婚礼。你快去给我弄一万金币，等会儿我要用。"

灯神立即隐去，瞬间便带来一万金币。

阿拉丁带着金币，跨上骏马，在前后侍卫的护卫下前往皇宫。一路上，他不停地把金币撒向人群，充分表现出他慷慨豪爽的派头，人群中传来阵阵赞扬和祝福声，无形中，他的地位声望显得更高了。

阿拉丁率领侍从浩浩荡荡来到宫门前，文武百官连忙迎了上去，并立即向皇上报告。皇上随即离开宝座，步出厅外迎接阿拉丁，热烈地拥抱、亲吻他，然后引领他步入客厅，并让他坐在自己的右手边。于是，皇宫和整座城市便开始欢庆公主的结婚大典，乐师们吹奏欢快的乐曲，艺人们随着乐曲翩翩起舞，到处都是欢歌笑语。直到正午时分，皇上才吩咐摆宴。

皇上与阿拉丁、朝中文臣武将、富商、名流等人愉快地步入宴会厅，随即按官阶大小和地位高低顺序坐下，然后大家尽情享受那满桌的山珍海味。宴会结束后，阿拉丁起身向皇上告辞，然后跨上骏马，在侍从的护卫下，返回自己的宫殿，准备迎接公主到新宫殿中举行结婚典礼。

在新宫殿门前，侍从排成整齐的行列，恭候阿拉丁。婢仆们见主人进入大厅，便小心翼翼地上前伺候他，为他端来点心。阿拉丁随即吩咐宫中的奴婢、宦官和各色人等，大家分头准备，迎接公主到新宫殿中举行结婚典礼。

过了正午，太阳逐渐西斜，皇上在武官、公侯和首相的陪同下来宫殿前的广场，观看骑术、武艺表演。同样，阿拉丁也骑了一匹高头大马，在侍卫的簇拥下，来到广场参加表演。他在竞技场中大显身手，充分显露他高超的骑术和精湛的武艺。

此时，公主正坐在闺房的阳台上，当她看见阿拉丁英俊的外貌和矫健的身姿时，抑制不住爱慕和激情，内心充满了欢乐。

表演结束后，皇上率领亲信臣僚，高高兴兴地回宫去了。阿拉丁也在侍从的簇拥下，胜利返回。

黄昏时候，皇上的大臣陪着新郎阿拉丁前往澡堂沐浴、熏香，然后穿戴上华丽的衣冠。随后，阿拉丁跨上骏马，手持宝剑的骑兵护卫，皇室的官吏、贵族排成整齐的队伍跟在他后面，浩浩荡荡向新宫殿出发。民众从四面八方拥来，有的手持蜡烛，有的敲着铜鼓，有的吹奏乐器，簇拥着把阿拉丁和陪伴他的官吏、贵族送到新宫殿。

阿拉丁请陪伴他的官吏、贵族到客厅就座。婢仆们立即端来了点心招待他们，同时盛情款待那些前来欢呼祝贺的人群。新宫殿外挤满了人，盛况空前。阿拉丁吩咐侍从拿金币撒给他们，以示感谢。

皇上从广场回到宫中后，即刻吩咐依照传统为公主组成送亲的队伍，然后热热闹闹地送公主前往丈夫的宫殿，举行结婚仪式。庞大的皇家送亲队伍浩浩荡荡走向阿拉丁的宫殿，形成壮观的场面，一直把公主送到新宫殿楼上的洞房中。接着妇女们便忙着替公主重新梳妆打扮，然后陪她到堂上行礼，新郎新娘便在人们的欢呼声中，正式结为夫妻。

阿拉丁的母亲一直站在新娘身旁，当新郎伸手掀起新娘的面纱时，她才真正确信自己的儿媳妇的确像外界所传的那样，是一位绝世美女。

公主环顾四周，见房屋内灯火辉煌，一盏盏各式各样的烛台都是黄金制成的，嵌满了名贵宝石。她暗自想道："我一直以为皇上的宫殿是世间最富丽堂皇的，现在看来，这幢宫殿才是独一无二的，古今所有帝王的宫殿都无法与之相比。我相信，世界上再也没有人可以建造出这样的宫殿。"

这时，筵席已经摆开，大家入席吃喝，满堂都是欢声笑语。正当大家开怀畅饮、尽情欢乐时，由四十名手持乐器的歌女组成的乐队来到席间，奏出了和谐悦耳的美妙乐曲，大家都为优美的音乐所陶醉。白狄伦·布杜鲁公主听了旋律悠扬的音乐，感到心旷神怡，暗自叹道："我生平还没有听到过这样美妙动听的音乐呢！"此时，阿拉丁亲自斟了一杯酒，递给新娘。

这样快乐的气氛，就是赫赫有名的亚历山大大帝也不曾享受过。大家认为这是最值得纪念的一夜。待宾客尽欢，筵席散后，阿拉丁和白狄伦·布杜鲁公主才双双并肩进入洞房。

第二天早上天一亮，阿拉丁便起床了，随侍的仆人为他穿上一件华丽的衣裳。穿戴妥当后，阿拉丁便吩咐备马，由侍卫陪同前往皇宫。

皇上听说阿拉丁进宫了，急忙起身迎接。一见阿拉丁，便像对待亲生儿子一样，热情地拥抱、亲吻他，然后让他坐在宝座右边。

阿拉丁先向皇上请安，然后说："陛下，今天您能否赏光，率领宫中大臣和贵族，前往公主的宫殿用餐？"

皇上高兴地接受了阿拉丁的邀请，他说："孩子啊，有何不可？你真是慷慨大方啊！"

皇上随即起身，率领应邀的大臣和贵族，和阿拉丁一起离开皇宫，前往阿拉丁为公主修筑的宫殿。皇上一进入宫殿，举目环顾，对这座金碧辉煌的宫殿赞不绝口。他回头对首相说："你有什么看法？"

"皇上，"首相回答，"这的确是一幢富丽堂皇的建筑物，即使全宇宙最伟大的建筑师也不可能建造出这样的宫殿。不过，能够在这么短的时间内盖出这样的宫殿，它绝不是人力所为，而是魔法和巫术的产物。"

"够了，"皇上对首相说，"你心里在想些什么我很清楚，希望你别再发表这样的谬论了。"

阿拉丁带着皇上到最高层的圆顶大厅，这里的天花板和窗户，全是用祖母绿石、红宝石和其他贵重宝石镶嵌而成。看到这样美丽的景象，皇上再一次感到惊讶。他怀着陶醉的心情，在大厅里漫步，仔细观赏，直到他发现那扇阿拉丁故意安排没有完工的窗子。

皇上惊奇地叹道："这扇窗子，可真是美中不足呀！"接着他回头问首相，"你倒说说看，为什么这扇窗子还未完工？"

"我猜想，"首相回答说，"可能是阿拉丁赶着办婚事，由于时间太紧迫而来不及完工吧。"

就在皇上和首相谈话的时候，阿拉丁悄悄来到公主的房中，告诉她皇上驾临的消息。当阿拉丁再次回到大厅时，皇上问他："阿拉丁，这个大厅的窗子，为什么其中一扇没有完工呢？"

面对皇上的疑问，阿拉丁回答说："陛下，由于婚期迫在眉睫，我找不到能及时完工的巧匠。"

"这扇窗子未竣工的地方，就交由我来处理吧。"皇上说。

于是皇上立刻吩咐官员，唤来一批手艺高超的宝石工匠和金匠，提供需要的一切材料，并要求他们依照他的指示，在最短时间内完成那扇窗子的工程。

就在这时候，白狄伦·布杜鲁公主面露微笑地来到皇上面前，而皇上也高兴地拥抱她、亲吻她，然后领着公主一起下楼去。

此时已是正午时分，午餐已经准备好了。皇上品尝一道道可口的菜肴和香醇的美酒，他说这些都是他生平所未尝过的，他还对厨师的手艺和豪华的餐具赞不绝口。席间，有八十名容貌美丽的歌女前来奏乐助兴，那美妙的乐声，使在座的每个人心情都格外舒畅，胃口大开。

在用过餐之后，皇上突然想起那扇窗子的工程进展情况，于是起身离开座席，准备亲自去察看。当他走到大厅，发现这些工匠们的技艺，跟原来的工程技术比起来，简直有天壤之别。工匠们向皇上报告说，他们已经尽了最大努力，而且库藏中的宝石虽已全部搬来供他们使用，但跟实际需要相比，还差很远。皇上听了，即刻下令开启宫中最大的库藏，取出其中的宝石，按工匠的需要供给。

工匠们拼命地埋头工作，但工程只完成一半，宝石就用完了。为兑现诺言，皇上只好下令征用朝臣们私人的宝石。然而，即使找来更多宝石，工程还是无法完成。

次日清晨，阿拉丁就到大厅去察看工匠们的工作，发现工程只完成一半。他知道这些工匠根本达不到他的要求，于是命令他们即刻停工，并且拆卸用上的宝石，将宝石物归原主。

皇上知道这件事后，感到不可理解，于是立刻吩咐侍从备马，急忙赶往阿拉丁的宫殿去了解原因。

阿拉丁命令工匠们停工后，便回到房中，取出神灯一擦，灯神立刻出现。阿拉丁吩咐它说："我命令你去把大厅那扇未完工的窗子做完。"

"明白了。"灯神随即消失了踪影。

过了片刻，灯神再次出现，说道："我的主人，你吩咐我做的事已经完成了。"

阿拉丁来到最上层的圆顶大厅，只见那扇窗子已经完工，跟其他窗子一模一样。此时，一个仆人急急忙忙跑到他面前，通知他皇上驾临的消息。

阿拉丁听了，随即下楼迎接。皇上一见到阿拉丁，便开口问道："你为什么命令工匠停止那扇窗子的工程？"

阿拉丁并没有向皇上说明真正的原因，只是回答说："总之，请陛下先看看。"

然后，阿拉丁就陪着皇上再次前往大厅。皇上把所有窗子仔细看了一遍，发现每扇窗子都完整无缺，挑不出任何缺点。他感到很震惊，拥抱着阿拉丁，说道："阿拉丁，你是怎么办到的？那些工匠花几个月时间也无法完成的工作，你却在一个晚上就完成它，真是了不起。世上再也没有像你这样能干的人了。"

"承蒙陛下夸奖，深感光荣。但愿老天爷赏赐陛下长命百岁，万寿无疆。"阿拉丁谦虚地回答。

随后，皇上和阿拉丁一起来到楼下，公主正在那里等候他们。皇上看到自己的女儿生活在宏伟的宫殿中，过着舒适快乐的生活，内心感到无限欣慰。他和女儿聊了一阵后，才高高兴兴地返回皇宫。

不过，阿拉丁并不是每天都待在宫殿，他时常会到城里的大街小巷去，命令随从人员把金币撒给街道两旁的人群，以救助那些生活贫困的穷人。对于来到宫殿前乞讨的人，他也毫不吝惜地施舍。因此，没有一个人不认识阿拉丁，大家都对他的慷慨助人表示敬佩。

阿拉丁的声誉、地位虽然日益显赫，但他始终保持过去的某些生活习惯。他经常到郊外骑马、狩猎，偶尔也会驰骋于皇宫前的广场，在皇上面前展示自己的骑术。每当公主看见阿拉丁矫健的身影和高超的骑术时，内心就充满了爱慕之情。她认为自己能与阿拉丁结婚，是老天爷对她无上的恩赐。

阿拉丁的声誉越传越远，朝野上下都非常爱戴他，一般老百姓也把他视为伟大非凡的人物。

这一天，突然从边境传来敌人入侵的消息。皇上即刻调兵遣将，并让阿拉丁率领军队赶往前线。在激烈的战火中，阿拉丁奋不顾身，英勇杀敌，最后冲破敌阵，大获全胜。

阿拉丁战胜敌人的捷报传来，全城欢腾。当他胜利归来时，皇上亲自出城迎接，亲切地拥抱他，并且发布圣旨，命令全国各城市张灯结彩，欢庆胜利。

由于阿拉丁为人慷慨，本来就受人们的拥护、爱戴，再加上他高超的骑术、精湛的武艺，以及歼灭敌人的功勋，人们格外崇敬他。在众人心目中，阿拉丁有如上帝，他们虔诚地为他祷告祝福。此时阿拉丁的名誉、地位已达到无以复加的地步。

## （五）

至于那个魔法师，自从他的诡计失败后，就回到非洲去了。他常常想起自己为了谋取神灯所经历的艰苦，尤其当他想起即将到手的神灯不翼而飞，内心就更加愤怒。但最后他还是自我安慰：“幸好，那个混蛋已困死在地洞里，有一天我会再去谋取神灯，反正它仍安然地保存在那里。”

这一天，魔法师取出沙盘，打算卜问阿拉丁的下场和神灯的去向。他将沙子铺平，并在上面画一些符号，然后开始占卜。他聚精会神地观察、研究，然而令他吃惊的是，阿拉丁并没有被困死在地洞里，他已经逃了出来，过着幸福快乐的日子。除此之外，正因为神灯的帮助，阿拉丁跟公主结了婚，深受众人的尊敬与爱戴。

魔法师知道阿拉丁的情况后，愤怒到了极点，他咬牙切齿地说："为了取得神灯，我费尽苦心、历经各种磨难，没想到竟被阿拉丁那家伙给夺走了！一定要置他于死地，才能消除我的心头之恨！"

于是魔法师怀着仇恨，再次来到中国，并进入阿拉丁所在的京城。他来到一家旅店投宿，稍微休息过后，就到大街上闲逛。他来到一家茶馆，见人们一边品茶一边谈论阿拉丁，有人对阿拉丁的宫殿赞不绝口。于是魔法师挤到一个正在夸赞阿拉丁的年轻人身旁，问道："请问你所夸奖的这个人，到底是谁呀？"

"你一定不是本地人，而且应该是从遥远的国度来的。"年轻人回答，"但即使是这样，你也应该听说过赫赫有名的阿拉丁啊。他那幢富丽堂皇的宫殿已经驰名天下，他的荣誉和威望，几乎和上帝齐名。难道你真的完全没听说过吗？"

"听你这么说，我倒是很想看看那幢宫殿。不过我是外地人，不认得路，你可以带我去吗？"魔法师说。

"没问题。"年轻人回答，然后就带着魔法师来到阿拉丁的宫殿。

魔法师一看到阿拉丁的宫殿，暗自嘀咕："这个穷裁缝的儿子，他一定是借用那盏神灯的力量盖成这座宫殿的。该死的家伙，我一定要置他于死地！"

看到阿拉丁在这么宏伟的宫殿里过着幸福的生活，魔法师气得暴跳如雷，返回旅馆去了。

回到旅馆，他取出占卜用的工具，卜问神灯藏在什么地方。当他发现神灯不在阿拉丁身边，而是摆在宫殿时，兴奋地大声说："阿拉丁，你等着瞧吧！这次我一定杀死你，把神灯弄到手！"

然后他来到一个铸铜师父的店铺，对店老板说："我要订购几盏油灯，不过你要赶快把灯做出来，我愿多付你一倍工钱。"

店老板和魔法师达成交易，于是老板马上动工，很快便把油灯赶做出来了。

魔法师付了一大笔钱，把油灯装在买来的篮子里。然后他提着一篮油灯，在大街小巷高声喊道："旧灯换新灯！旧灯换新灯！"

人们听他这么叫喊，都嘲笑他："这个人一定是疯了，不然，怎么会用新油灯换旧油灯呢？"

许多人都凑过来看热闹，对他指指点点，还有一群小孩子跟在后面嘲弄他，但魔法师一点都不在乎，他继续边走边喊，终于来到阿拉丁的宫殿前。此时，他故意提高嗓音，孩子们也跟着大声嚷道："精神病！精神病！"

当时公主正巧坐在大厅的窗户边，听到一阵阵叫喊的嘈杂声，便从窗户朝下看。她看见一个老人和一群孩子，但不知是怎么回事，于是命令女仆去了解情况。

女仆很快就回来报告发生了什么事，公主听了忍不住哈哈大笑起来。其中一个女仆说："公主，我看见主人房中有一盏旧灯，干脆我们就拿去跟他换，这么一来就知道他说的是真话还是假话了。"

阿拉丁一时疏忽大意，竟忘记把神灯收藏起来，被那个女仆看见了。而公主并不知道神灯的秘密，当然也不知道阿拉丁能和她结婚，全是这盏神灯的功劳。因此，她说道："是吗，那你就去把主人房中的那盏旧灯拿来吧。"

公主会这么做，只是为了证实那个老人是否真的愿意以旧灯换新灯，她根本不知道魔法师的诡计。因此，当女仆把神灯拿来时，她毫不犹豫地就叫一名侍从拿旧灯去换新灯。

不一会儿，侍从便带着一盏新油灯来到公主面前。公主看见换来的油灯的确是全新的，不禁捧腹大笑起来，觉得那个换灯的老人的确是疯了。

魔法师一拿到神灯，就确定它是那盏令人心醉的神灯，立刻把它塞在胸前的衣袋里，扔掉篮子和其他油灯，往郊外跑去。他一直跑到荒无人烟的野外，才停下脚步休息，然后等待夜幕降临。到了深夜，魔法师才从衣袋里取出神灯，摩擦起来，灯神随即出现在他面前，说道："我是您的奴隶，请问有什么吩咐？"

"你马上将我和阿拉丁的那幢宫殿，连同里面所有的人和物，一起搬到我的家乡非洲去。"魔法师命令说。

转眼之间，灯神果然把魔法师和阿拉丁的宫殿，原封不动地搬到了非洲。

第二天早晨，皇上正想像平常那样，打开窗户观望女儿的宫殿，却发现那座金碧辉煌的建筑物不见了，只剩下一块空地。他吓了一大跳，但生怕自己弄错了，于是揉了揉眼睛，再一次仔细望着宫殿矗立的地方，但还是只能看到宫殿尚未修筑前那空荡荡的景色。

皇上吃惊地呆立在那里，阿拉丁的宫殿怎么会在一夜之间消失不见了，他完全摸不着头脑。他伤心地流下泪，担心起女儿的安危，于是急忙传唤首相。

首相看到皇上悲伤的神情，担心地说道："陛下，您为什么如此伤心，请问发生了什么大事？"

"你真的不知道发生了什么事？"

"陛下，对天发誓，微臣一点也不知道。"

"那么，今天你显然没注意到阿拉丁的宫殿？"

"陛下，微臣确实没有留意，想必是关着还未开门吧。"

"你既然没看到，怎能说这样的话，现在你站起来，从窗户往外看一看，你能说它关着还未开门吗？”

首相走近窗前，朝外一看，皇宫对面空荡荡一片，什么都没有了。他感到茫然，默不作声地回到皇上面前。皇上问他：“现在你知道我悲痛的原因了吗？”

“陛下，前些时候，微臣曾一再提醒您，那幢建筑物是魔法的产物。”

皇上一听，顿时火冒三丈，吼叫着：“阿拉丁在哪里？”

“他上山打猎去了。”首相回答。

皇上立刻下令，派官员和骑兵队前去捉拿阿拉丁。

他们随即遵照命令行动，找到阿拉丁时，他们毕恭毕敬地对他说：“主人，对不起，请您不要动怒。我们是奉皇上的命令来逮捕您的。我们不能违抗命令！”

阿拉丁听了骑兵的话，不禁大吃一惊。他稍微镇定了一下情绪，才对士兵们说：“你们知道皇上为什么要下令逮捕我吗？我犯了什么罪？”

“我们什么都不知道，我们只是奉命行事。”骑兵回答。

阿拉丁从马背上下来，对骑兵说：“既然是皇上的命令，你们就执行任务吧。”

骑兵们给阿拉丁套上枷锁后，立刻把他押解进城。人们见阿拉丁成了罪犯，都认为他一定会被砍头。由于阿拉丁受到人民的拥护和爱戴，他们听到这个坏消息后，都各自从家里拿出武器，跟在部队后面。

当大臣向皇上报告阿拉丁已经被押至皇宫，皇上即刻下令将阿拉丁推出去斩首。

阿拉丁要被斩首的消息一传出，民众立刻将宫殿团团围住，并派人去见皇上，陈述他们的意见：“假若阿拉丁稍微受到一点伤害，大家立刻将宫殿夷平，把皇上和其他人通通埋葬在里面。”

首相为了平息事态，及时进谏皇上：“陛下，您的这道命令会给我们带来极大的灾难，后果不堪设想啊，希望您立刻收回成命，宽恕您的女婿。因为您的子民爱戴阿拉丁的程度，远远超过了我们。”

此时，阿拉丁已经站上刑台，刽子手让阿拉丁跪在上面，用布条蒙住他的眼睛，然后抽出大刀，围着他绕了三圈，等皇上最后的处决令。

皇上从窗户朝外看，见百姓们蜂拥而至，黑压压一大片人在攀爬围墙，企图闯入宫中。见此情景，皇上只好命令刽子手释放阿拉丁，同时叫传令官向人群宣布他已经宽恕阿拉丁。

阿拉丁获得自由后，看见皇上在宝座上，便走向前去，说道：“承蒙陛下开恩，免除我的死罪。但我还是要了解，我到底什么地方触犯了陛下？”

“你这个叛徒！犯了什么罪过，你应该比谁都清楚。”皇上大声吼道。然后他转向首相说道，“带他到窗户边，让他向外看看，再让他告诉我们，他的宫殿哪儿去了。”

阿拉丁随即来到窗前，他朝外一望，发现自己的宫殿已经不知去向。他感到很诧异，但是他也不知道究竟是怎么一回事，脑中乱成一团。

阿拉丁回到皇上面前，听见皇上质问他：“你的宫殿呢？我的女儿在哪里？我就只有这么一个宝贝女儿啊！”

“陛下，眼前发生的这一切我一无所知。”阿拉丁回答。

“阿拉丁，你给我听清楚！我之所以饶恕你，是为了让你把我的女儿找回来。若是找不到公主，我发誓一定砍下你的头！”皇上说。

阿拉丁回答说：“陛下，请给我四十天的时间。我若是在期限内找不到公主，那就任凭陛下处置。”

“我就照你要求的，给你四十天的期限，但你别想逃出我的手心。你即使逃到月亮上，我也要把你抓回来。”

“皇上，如果期限到了还找不到公主，我会回来自首，让您砍下我的头颅。”

人们得知皇上饶恕了阿拉丁，都由衷地为他高兴。可是阿拉丁本人却因为这次重大的打击而深感羞耻和痛苦，他无颜见亲友，在人们面前也总是抬不起头。他独自在大街上徘徊，对自己的处境和未来感到茫然。他自言自语地说：“我的公主在哪里？我的宫殿在哪里？”

## （六）

阿拉丁就这样伤心难过地在城中游荡了两天。这期间，许多人都觉得他可怜，硬塞食物给他吃。

阿拉丁茫然地向郊区走去，内心充满了痛苦与惆怅。他漫无目的地走着，来到一条河边，由于沉重的压力和过度悲伤，他产生了投河自尽的念头。但是他又觉得大丈夫不可轻易屈服，应该想办法渡过难关。于是他蹲下去用河水洗脸，想使自己清醒清醒，以便冷静地思考下一步该怎么做。他刚捧了水在手中，双手一搓，便擦着手指上的戒指，戒指神突然出现在他面前，说道：“我的主人，请问有什么吩咐？”

阿拉丁看到戒指神，高兴得跳了起来，大声说道：“我要你把我的宫殿和我的妻子，以及里面所有的一切，都给我搬回原来的地方。”

“主人，你要我做的事，我无法完成。我只是戒指的奴隶，灯神职权范围内的事情，我不能干涉。”

“既然这样，我不勉强你。不过，你得把我送到宫殿现在矗立的地方。”

“遵命。”戒指神说完，立刻背着阿拉丁飞腾起来，把他送到他的宫殿前面，放在公主卧室正对面的地方。

在夜幕之下，四处一片漆黑，不过阿拉丁还是立刻就认出自己的宫殿，所有的忧愁随即消失。他沉思了片刻，内心感到很欣慰，但因为他已经四天没睡觉了，此刻他疲惫不堪，他走到宫殿旁边的一棵树下，刚坐定就沉沉睡去。

第二天早晨，阿拉丁被小鸟的啼叫声吵醒。他一骨碌爬起来，走到小河边洗手洗脸，然后做了晨祷。随后他朝公主的房间走去，在外边的窗户下方坐了下来。

由于受了魔法师的欺骗，公主离开了丈夫和父亲，心情痛苦万分，她茶饭不思，更无法安睡，整日悲哀哭泣。这天清晨，公主的婢女打开窗户，一眼就看见阿拉丁坐在墙边。

“公主啊！公主啊！”女仆迫不及待地嚷道，“我的主人阿拉丁坐在墙脚下呀！”

公主立刻站起来，急忙走到窗前向外张望。她果然看见了阿拉丁，而此时阿拉丁也抬头看见了她。公主高兴极了，她对阿拉丁说：“你赶快从侧门进来，那个该死的魔法师不在屋里。”

女仆替阿拉丁开门，让他进入公主的房间。夫妻终于重逢，两人紧紧相拥、接吻，高兴得热泪盈眶。

阿拉丁立刻问道：“亲爱的，我现在急需知道一件事，就是我摆在房间里的那盏旧油灯究竟怎么了，你知道它现在在什么地方吗？”

公主听了丈夫的询问，叹了一声，说道：“亲爱的，我万万没想到，这盏油灯会使我们落到这样悲惨的境地啊。”

“快告诉我油灯的去向吧。”阿拉丁急忙说道。

于是，公主把事情的原委从头到尾述说了一遍，尤其把旧灯调换新灯的过程讲得更详细，最后她说：“第二天一早醒来，我就发觉自己来到了陌生的地方。那个骗走旧油灯的人说，他是通过那盏灯使用魔法把我带到这里来的。他是非洲的摩尔人，现在我们就在他的家乡。”

“这个该死的家伙还有其他企图吗？他对你说了些什么？”

“那个人每天都会到我这儿来一次，他向我求婚，叫我忘掉你。他还说，你已经被我父亲斩首了，说你的父母是穷苦人，你是靠他发财致富的。此外他还用许多好话来安慰我，可是我一句话也不回答他，只是悲伤哭泣。”

“快告诉我，他把那盏灯放在哪里？”

“他随时把灯带在身边，一刻也不离开。那天他问我话时，曾从胸前的衣袋中掏出灯来，让我看了一眼。”

听到这个消息，阿拉丁非常高兴，说道：“亲爱的，你仔细听好！我必须暂时离开这里，换掉我这套衣服。当你看到我改装时，不要惊讶。你必须派个女仆守住侧门，待会儿为我开门。我已经想出复仇的计划，等我回来时，我会教你怎样除掉这个该死的家伙。”

阿拉丁交代完毕后，立即从侧门溜出去。他在路上遇见了一个衣衫褴褛的农夫，便急忙上前对他说：“你好！可以把你的衣服跟我的换一下吗？”

农夫拒绝阿拉丁的请求，他只好动手硬把农夫的破衣服脱下来，然后把公主刚刚给他穿上的一套华服脱下来给农夫。阿拉丁乔装成农夫后，来到附近的城市，随后走进市集里的一家药店。他向老板买了一瓶药，藏在怀里，然后急急忙忙地奔回宫殿。守门的女仆一见阿拉丁回来，立刻开门让他进去。

阿拉丁进入公主的房间后，说道：“公主，为了摆脱那个魔法师，我希望你能忍耐一下，照我的话去做。你马上去换一套华丽的衣服，精心打扮一番。等那个该死的魔法师回来时，你要面露微笑、亲切大方地迎接他，并且邀他和你一起用餐。让他以为你已经把丈夫和父亲忘得一干二净，告诉他你改变了心意，已经钟情于他，从而让他对你失去警觉。然后你请他喝几杯酒，等他微醺之后，把这个药粉放进他的酒杯中。等他喝下这杯酒，就会立刻失去知觉，像死人一样倒下去。”

要公主对魔法师笑脸相迎，她觉得很难受，但为了摆脱这个该死的家伙，她不得不这样做。

阿拉丁离开之后，公主立刻唤来婢女替她梳妆，换上最漂亮的衣服，精心打扮了一番。这时候，魔法师来了，公主立刻笑容可掬地迎了上去。

魔法师见公主打扮得这么漂亮，而且一改前几天那种愁容满面的样子，用热情大方的态度对待他，自然是喜不自胜。然后，公主拉着魔法师的手，请他坐到她的身旁，微笑着说："亲爱的，你是否愿意今晚到我这儿来，和我一起用餐呢？我不想再继续忍受这种孤单寂寞、苦闷忧郁的日子了。我相信你昨天所说的话，父王一定为了我而将阿拉丁斩首了，他不会再从坟墓中出来见我了。对于我今天的这种突然转变，你千万不要觉得奇怪。现在除了你以外，我没有其他可依靠的人了，所以我决定委身于你，让你代替阿拉丁，成为我的丈夫。我希望你能和我共进晚餐。"

公主这一番甜言蜜语，说得魔法师心花怒放，因此他欣然接受公主的邀约。

于是两人在桌前坐了下来，开始用餐。公主端起女仆为他们斟好的酒，然后向魔法师祝福，愿他长命百岁。魔法师也赶紧回敬她，愿她永远幸福、美丽，随即一饮而尽。公主一边陪魔法师喝酒，一边又说了许多甜言蜜语。魔法师对温柔招待他的公主毫无防备，完全不知道自己已经落入阿拉丁和公主为他设下的陷阱。

公主见魔法师已有几分醉意，便对他说："在我的家乡，有一种风俗习惯，不知你们这儿是否也如此？"

"什么风俗习惯？"

"相爱的两人在喝酒时，为表示爱意，会彼此交换酒杯，各饮一杯。"

说罢，公主拿起魔法师的酒杯，斟了一杯酒摆在自己面前，并在自己已掺了药粉的杯子里斟满酒，然后递给魔法师。公主拉着魔法师的手，娇滴滴地说："亲爱的，现在我们各干一杯吧。"

她说罢，举杯一饮而尽。魔法师被公主的甜言蜜语弄得神魂颠倒，欣然学着公主的举动，连忙举起他的酒杯，一饮而尽。不一会儿，他便晕倒在地上，一动也不动了。

见此情景，女仆立即奔下楼，开了侧门，让阿拉丁进来。

阿拉丁急忙奔上楼来，见公主仍然坐在桌旁，盯着倒卧在地的魔法师。他高兴地奔上前，将公主搂在怀里，吻了她，并感谢她所做的这一切。随后她对公主说："你和婢女们暂时离开这里，退到卧室去，让我来处理这里的事。"

公主和婢女离开后，阿拉丁立刻把房门关起来，然后来到魔法师身边，从他的衣袋里取出神灯，然后拔出腰刀，毫不犹豫地一刀结束了魔法师的性命。接着他摩擦了神灯，灯神立即出现在他面前，说道："我的主人，请问有什么吩咐？"

"我要你立刻把这栋屋子搬回中国，把它放置在先前矗立的地方。"

"明白了。"灯神行了礼，随即消失了踪影。

阿拉丁这才进入公主的卧室，紧紧地搂着她，亲吻她。这时候，宫殿已经被搬回了中国。

自从阿拉丁的宫殿被搬走之后，皇上因为失去女儿每天都悲伤不已，因为公主是他唯一的孩子。他整天茶不思、饭不想，夜晚也不得安眠，整天都呆呆地坐着，担心公主的安危。他每天早上一起床，就会迫不及待地走到窗前，推开窗户，朝宫殿以前矗立的方向眺望。看到眼前仍然空荡荡的，他又伤心地流下眼泪。

这天清晨，皇上照例眺望窗外时，却发现那幢他已非常熟悉的宫殿又矗立在那儿了。他以为自己看错了，用手揉了揉眼睛，再三审视，直到他确认那是阿拉丁的宫殿。于是他吩咐侍从立刻备马，他要赶快前往阿拉丁的宫殿。

阿拉丁见皇上骑着马奔驰过来，急忙出门迎接。阿拉丁搀扶着皇上，他们一起走上楼到公主的卧室。皇上与公主见面时，父女俩立即拥抱在一起，喜极而泣。有好一阵子，皇上一句话也说不出来，等他终于冷静下来，就迫不及待地询问她到底发生了什么事。

"父王啊！"公主说，"多亏了我亲爱的丈夫阿拉丁把我从非洲魔法师的魔爪下拯救出来。那个该诅咒的摩尔人，世界上再也找不到比他更坏的人了。要不是阿拉丁，我是无法逃出那个坏蛋魔掌的，您老人家也没有机会再见到女儿。”

接着公主把她如何受魔法师的欺骗、用旧灯换取新灯，如何不知不觉地被搬到遥远的非洲，以及她和阿拉丁如何设计除掉魔法师的经过详细地说了一遍。公主接着说：“接下来的情形，就请阿拉丁来说明好了。”

于是，阿拉丁把他怎样从魔法师身上取走神灯，怎样用腰刀结束了他的性命，怎样命灯神将他们连同宫殿一起搬回来的经过，详细说给皇上听。他最后说：“如果陛下不相信我说的话，可亲自和我去看看魔法师的尸体。”

皇上随即起身，跟在阿拉丁后面。皇上见魔法师已死去多时，就吩咐仆人把死尸搬走，放火烧掉，把骨灰撒向天空。

然后，皇上把阿拉丁紧紧搂在怀里，说道：“原谅我吧！在该死的魔法师胡作非为的时候，我差点害了你的性命。当时我那样对待你，完全是出自于父亲对女儿的爱。对我来说，失去女儿比失去江山还痛苦。我相信你可以理解这种心情。”

“陛下，我完全理解你当时的心情和做法。我之所以会遭到不幸，全是那个该死的魔法师造成的。”阿拉丁回答。

听了阿拉丁的话，皇上如释重负，于是派人四下传达圣旨，为庆贺白狄伦·布杜鲁公主和驸马阿拉丁平安归来，全国上下举行庆典活动。

各地官民遵循皇上的命令，把城市装饰得焕然一新，大摆筵席，热热闹闹地欢庆了一个月。

从此，阿拉丁和公主一起过着幸福快乐的日子，虽然后来他们也遇到一些危险，但是最后都顺利地解决了。

几年之后，皇上寿终正寝，阿拉丁继承了王位，白狄伦·布杜鲁公主成了皇后。阿拉丁执政时期，勤政爱民，受到百姓的拥护和爱戴。阿拉丁和公主夫妻俩相亲相爱，白头偕老。